COLLECTION FOLIO

Marie Ferranti

# La fuite aux Agriates

Gallimard

Marie Ferranti est née en 1962 à Bastia. Elle a enseigné la littérature avant de se consacrer entièrement à l'écriture. Son premier roman, *Les femmes de San Stefano* a reçu le prix François Mauriac en 1995. Elle vit à Saint-Florent, en Corse.

*À Michel Mohrt*

# I

« Ils l'ont pris ! » Le cri de Marie avait déchiré l'air, puis la maison était retombée dans le silence. Francesca était assise, près de la fenêtre. Elle était nue. Elle n'avait pas bougé, n'avait pas esquissé le moindre geste, mais le froid l'avait saisie. Elle tremblait. Elle avait la gorge sèche, ses lèvres étaient écorchées. Elle passa la main sur son épaule, dans son cou, toucha son ventre, sa main glissa entre ses jambes, elle sentit sous sa paume la peau un peu gluante. Elle cracha dans sa main, puis la frotta contre son sexe, elle mit la main contre son visage et lentement en respira l'odeur.

De la rue montait une rumeur confuse. Des voix s'appelaient, des portières de voitures claquaient. Dans la maison, il y avait des allées et venues, des bruits de pas dans l'escalier, des chuchotements. Quand la porte de sa chambre s'ouvrit brusquement, la lumière l'aveugla, Francesca tourna la tête. Sa mère s'approcha, se tint un instant dans la pénombre, l'aperçut, et, sans dire un mot, se précipita sur elle, la saisit par les cheveux, la força à se relever et la traîna hors de la pièce. Francesca se mordit la langue pour ne pas crier. Mathilde lui fit prendre l'escalier qui menait au grenier. Pour la faire monter plus vite, elle la poussait, lui bourrait le dos de coups de poing. Elle conduisit sa fille dans la petite chambre du haut, celle de Giovanna, qui ne servait plus depuis longtemps, et l'enferma à clé.

Francesca resta appuyée un instant contre la porte. Le dos lui faisait mal, les bras et les jambes aussi. Elle avait parcouru de nuit le chemin plein de ronces. Elle avait enlevé sa jupe pour ne pas l'accrocher, n'avait gardé sur elle qu'un tricot sans manches qui n'avait pas protégé ses bras. Elle n'avait pas ressenti la douleur tout de suite, mais maintenant elle était brûlante de fièvre. Sa bouche était pâteuse. Elle grelottait. Soudain, la colère l'étouffa, elle frappa contre la porte, secoua la poignée, elle entendit alors des cris de femmes, des pleurs ; il lui sembla que derrière la porte quelqu'un gémissait.

Francesca sentit que ses forces l'abandonnaient, elle s'accroupit, gratta la porte ; sous ses doigts, le bois sec, les petits bouts de peinture écaillée sautaient et s'enfonçaient sous les ongles. Elle resta longtemps immobile. Le jour emplit la pièce ; par la lucarne, la lumière entrait à flots : Francesca vit qu'elle avait les mains en sang. Elle ramassa un chiffon, le déchira, pansa ses mains, se coucha à même le sol et sombra dans un sommeil si profond qu'elle n'entendit même pas la porte s'ouvrir.

Le lendemain, la chaleur l'éveilla. Francesca était en nage. On avait jeté une couverture sur elle. Elle se redressa, vit à ses pieds un broc empli d'eau, sa robe jaune et un journal plié. Elle ôta le chiffon, ses doigts étaient gonflés ; ils avaient bleui. Francesca était tout endolorie ; elle pouvait à peine bouger. Elle eut du mal à se saisir du broc. Elle avait très soif, but goulûment et renversa la moitié de l'eau. Le journal fut mouillé. Elle trempa le chiffon dans l'eau et le passa sur sa nuque et son visage. Elle s'essuya avec sa robe qu'elle jeta dans un coin : elle préférait être nue.

Francesca se tourna vers le miroir tout tavelé qui était posé contre la vieille armoire ; elle vit ses cheveux noirs collés par la sueur sur le front, sa bouche tuméfiée. Son regard l'effraya. Sur son épaule, il y avait une trace noire, laissée par la morsure que lui avait faite Julius la nuit précédente.

Elle déplia le journal. Sur la première page, une photographie de Julius. Il souriait. C'était une photographie qui datait de l'été dernier. Personne ne l'aurait reconnu maintenant. C'est elle qui l'avait prise.

Julius avait d'abord refusé de se laisser photographier et puis il avait cédé. Il l'avait regardée par en dessous et il avait souri, et Francesca avait pris la photographie. Marie s'était approchée de lui, l'avait entouré de ses bras, s'était baissée pour l'embrasser ; Francesca voyait leur visage dans le viseur, leur bouche, les mains de sa sœur sur la nuque de Julius. Julius s'était impatienté, avait dénoué les bras autour de son cou et avait repoussé Marie avec rudesse. Les yeux soudain emplis de larmes, Marie lui avait dit : « Tu ne m'aimes pas. » Julius avait haussé les épaules et il était parti. Francesca avait consolé sa sœur, mais quand Julius était parti elle en avait conçu de l'orgueil. Le soir même, elle l'avait retrouvé et ils s'étaient aimés.

Francesca ferma les yeux. Elle revit Julius qui souriait. Elle voulut lire le journal, mais les larmes lui brouillaient la vue, les grosses lettres noires dansaient devant ses yeux : *« Dans le désert des Agriates, au cours d'une fusillade, Julius Sartori... »* Francesca déchira la page du journal humide et mit les morceaux dans sa bouche. Elle mâcha lentement et se força à déglutir jusqu'à ce qu'il n'en reste plus rien. Elle s'enroula dans la couverture et ne bougea plus jusqu'au soir.

Il faisait sombre. Francesca se leva, tourna la poignée, la porte était toujours close. Elle appela, mais personne ne répondit. La douleur lui brûlait le ventre. Francesca appela une dernière fois, essaya de bouger l'armoire, qui était trop lourde, prit une chaise, jeta un drap dessus, se cacha derrière et fit sous elle.

Dans la nuit, elle entendit des pas, la porte grinça et s'ouvrit. Une lumière violente balaya la pièce. Francesca ne distinguait pas même les ombres. Elle mit la main devant les yeux. La porte se referma presque aussitôt. Francesca ne réussit pas à se rendormir.

Aux premières lueurs de l'aube, elle vit qu'on lui avait laissé un bol de bouillon, le broc était rempli d'eau, il y avait un oreiller. Une tranche de pain et une tranche de viande. Un couteau. Clorinde s'était procuré la clé.

Sur la place de la maison Montadori. Santa Marietti et Julie Ludovici guettent Clorinde Lusinchi. Elles sont venues prendre des nouvelles.

Clorinde, qui sert la famille Montadori depuis près de vingt-cinq ans, est leur amie d'enfance. Toutes les trois habitent le même village, au sud de Bastia.

Santa Marietti et Julie Ludovici n'ont pas osé entrer dans la maison Montadori. Elles ont envoyé un enfant faire dire à Clorinde qu'elles l'attendent dehors. Elles ne voudraient pas trop s'attarder. Elles ont peur d'être vues.

« C'est Clorinde qui a trouvé Francesca, dit Julie Ludovici. Elle serait montée un peu après, il était trop tard. Clorinde me le disait encore hier : "Madame Mathilde est trop dure. Avec Francesca, elle n'a jamais su y faire."

— Voilà où ça l'a conduite la pauvre petite, dit Santa Marietti.

— Moi, je n'ai pas de pitié, dit Julie Ludovici. Francesca est une garce.

— Elle est si jeune ! dit Santa Marietti. Les médecins ne savent pas s'ils pourront la sauver. Elle est toujours entre la vie et la mort.

— Dieu nous en préserve qu'elle y laisse la vie, mais ce serait peut-être mieux pour tout le monde. Et d'abord pour elle. Tu savais qu'elle était la maîtresse de Julius Sartori ?

— Non, je l'ignorais. Je me demande où ils se cachaient. Abuser sa sœur de la sorte, tout de même, il ne faut pas avoir de pudeur...

— Ni de honte. Et Julius ? Pierre était son meilleur ami ! Il l'a connue et aimée avant lui, Francesca, et Julius, là-dessus, il n'a rien regardé. Il a toujours fait comme si de rien n'était, il n'y a que pour comploter avec Pierre qu'il était bon ! L'attentat contre la gendarmerie de Bastia, c'était eux !

— À l'époque, on avait parlé d'une action qui en augurait d'autres, plus violentes encore, mais personne n'avait prêté attention à de tels propos. On les avait entendus si souvent...

— Il paraît que c'est Pierre qui commandait leur groupe. Ils n'étaient pas nombreux. Trois ou quatre ?

— C'est ce qu'on dit. Joseph, le fils de Clorinde, en était ?

— Sans doute, dit Santa Marietti. Rappelle-toi, le soir... Moi, je suis sûre que c'est Pierre qui commandait. Julius faisait tout ce qu'il lui disait. Il en a toujours été ainsi depuis l'enfance.

— Tout est la faute de Francesca...

— Ce n'est pas elle qui a tué tout de même !

— Je ne dis pas cela, dit Julie Ludovici, mais ils auront voulu se faire valoir à ses yeux. Une femme peut être la cause de tels malheurs. Surtout si elle est belle. Francesca se promenait toujours à moitié nue, et cette façon de marcher ! Tous les hommes du quartier la regardaient, mais personne n'osait l'approcher parce qu'elle était la fiancée de Pierre. Ils avaient peur.

— Pas tous..., dit Santa Marietti. Mais ceux-là avaient raison. Tu as vu ce qu'ils ont fait ? Ce sont des barbares, maintenant, on peut le dire. C'est affreux de tuer un homme, comme ça, de sang-froid, pour la politique...

— Tiens, voilà Clorinde. Tais-toi, dit Julie Ludovici.

— Je suis sortie pour respirer un peu, dit Clorinde. On étouffe là-dedans. C'est ce silence et madame Mathilde qui reste au salon pour recevoir les visites, en grande tenue, mais personne ne vient.

— Pauvre Mathilde ! Une fille perdue, presque folle, et l'autre qui croyait se marier en blanc, à l'église, avec fleurs d'oranger et tout le saint-frusquin ! "C'est prévu pour cet été", elle m'avait dit. Elle m'avait même montré la robe.

— Je ne sais pas si c'est le bon moment pour faire des visites, dit Santa Marietti. La police surveille la maison. Je n'ai pas envie d'avoir des ennuis. Clorinde, tu devrais rentrer au village, toi aussi, ne pas traîner ici.

— Oh, moi, à mon âge, qu'est-ce que tu veux qu'ils me fassent ? Tout de même, Francesca, elle me fait de la peine.

— C'est une putain, dit Julie Ludovici.

— Ne parle pas comme ça ! Si tu l'avais vue comme moi, si blanche, du sang partout. Elle aimait Julius, je l'ai toujours su.

— Je ne pensais pas que Pierre et Julius faisaient encore de la politique. Je croyais qu'ils jouaient aux cartes, dit Santa Marietti. J'avais entendu dire que Rosalie se plaignait que Julius avait perdu de grosses sommes au jeu, qu'il passait ses nuits dehors et ne rentrait qu'au petit matin. On m'avait rapporté qu'elle l'avait menacé de lui couper les vivres. Mais qui pouvait faire peur à Julius, n'est-ce pas ? Pas sa mère, en tout cas...

— Francesca, dit Clorinde, faisait peur à Julius.

— Que dis-tu là ? dit Julie Ludovici. Je n'en crois rien. Francesca a joué à se faire peur et elle a perdu. Elle savait les risques qu'elle prenait. Je ne la plains pas...

— Vous n'avez pas de compassion, dit Clorinde.

— J'en ai pour Marie, qui le mérite, dit Julie Ludovici.

— L'amour n'est pas une question de mérite. On aime ou on n'aime pas, c'est tout. Le reste, ce sont des histoires..

— Et Marie alors ?

— Marie, ce n'est pas pareil, dit Clorinde. Elle est peureuse. Elle s'habituera. Depuis toute petite, Francesca n'a jamais eu peur de rien. Je savais que ça nous préparait de grands malheurs. Eh bien ! Nous y sommes. Oh ! pourvu qu'elle vive !

— Clorinde, sais-tu qu'on dit que Francesca a donné Julius à la police ? dit Julie Ludovici.

— Le premier qui ose dire ça devant moi...

— Et alors, si elle l'a donné ? dit Santa Marietti. Julius n'aurait eu que ce qu'il méritait. D'ailleurs, il aurait peut-être mieux valu pour lui que ce soit la police qui le trouve...

— Ce n'est pas le moment d'en discuter, dit Clorinde.

— Mais c'est l'avis de beaucoup et...

— Quand on ne sait pas, on ne parle pas. Il faut que j'y aille. Je vous laisse.

— Salue Mathilde pour nous, dit Julie Ludovici. Nous passerons demain tout de même pour tâcher de la consoler un peu.

— Oui. À demain.

— À demain.

— Tu as vu Marie ? dit Santa Marietti.

— Non, dit Julie Ludovici. Elle reste confinée chez elle. Clorinde m'a dit qu'elle ne parle pas. Pas un mot. Elle a pris le deuil.

— Le deuil ? Pour un homme qui l'a trompée ? Un assassin ? dit Santa Marietti.

— Qui sait pour qui elle s'habille en noir ? »

Mathilde n'était pas allée à l'hôpital voir Francesca. Elle était dans le salon. Elle n'attendait pas de visites, comme le croyait Clorinde, elle n'attendait rien. Les rideaux étaient tirés. Mathilde était dans la pénombre. Même si elle fermait les yeux, elle pouvait voir très exactement le décor de cette pièce. Les deux bergères tendues de soie bleu pâle ; le sofa recouvert de velours de Gênes grenat, les consoles ; les lampes ; au mur, des gravures, des cartes anciennes, le portrait d'un écrivain ou d'un poète, dont elle avait oublié le nom, qu'aimait David, son défunt mari ; dans des cadres dorés, des photographies de David et des enfants, lors de leur voyage, le seul qu'ils avaient fait ensemble, en Italie. David y était retourné presque tous les ans jusqu'à sa mort, survenue deux ans plus tôt. Francesca l'avait accompagné à plusieurs reprises. Marie en avait été jalouse, mais David n'avait pas voulu les emmener ensemble. Il avait promis à Marie de l'emmener aussi, ce qu'il n'avait jamais fait.

Ces photographies, qu'elle avait sous les yeux depuis des années, Mathilde songea soudain que les moments particuliers qu'elles retraçaient n'avaient eu aucune importance dans sa vie. C'est David qui en avait fait des événements mémorables, ce qu'ils n'étaient certes pas pour elle. Sans doute les regarderait-on après sa mort comme l'expression même de ce qu'elle avait été et de ce qu'elle était maintenant, alors qu'elle avait été toute différente : étrangère à ces poses, elle n'y avait participé que d'une manière détachée et c'était tout ce qu'il resterait d'elle, de sa jeunesse, de sa vie de femme et de mère. David lui avait dit que c'était les images de leur bonheur.

Le bonheur ? pensa Mathilde, elle ne savait pas ce que c'était. En fin de compte, elle ne l'avait même jamais recherché. Elle n'en avait aucune amertume, puisque rien n'aurait pu empêcher que ces choses terribles arrivent. Le souvenir du bonheur n'aurait fait que raviver encore sa douleur, mais d'une façon différente — du moins se l'imaginait-elle ainsi —, de ce qu'elle éprouvait alors. Mathilde remercia le ciel de lui épargner cela. Que quelque chose dans la souffrance lui demeurât inconnu, à l'heure qu'il était, lui ôta un peu de l'oppression qui lui étreignait le cœur.

David l'aurait-il soutenue dans cette épreuve ? Non, il aurait sûrement pris le parti de Francesca. Il ne lui aurait pas pardonné que Francesca se soit tailladé les veines. Non, David ne lui aurait été d'aucun secours. Il aimait trop Francesca. Il n'y avait plus de place pour personne d'autre dans son cœur.

C'est lui qui avait communiqué à sa fille cette passion des images. Il avait installé une chambre noire, près de la cuisine. Tout seul d'abord, avec Francesca ensuite, il passait des après-midi entiers à développer ses films.

Après la mort de son père, Francesca n'y avait plus mis les pieds. Sauf l'été dernier. Elle avait fait des photographies de Clorinde, de Joseph, de toutes les femmes du quartier. Elle était même partie en Italie, à Naples. Dieu seul sait ce que Francesca avait fait là-bas, toute seule ! La photographie du journal aussi, celle de Julius, c'était elle qui l'avait prise. Mathilde se demanda soudain comment les journalistes l'avaient eue, mais tout cela n'avait plus d'importance maintenant. Qu'était une photographie au regard du malheur qui la frappait ? Elle se rencogna dans le fauteuil à oreillettes et ferma les yeux. Tout est ma faute, pensa-t-elle.

On toqua à la porte. C'était Clorinde. Mathilde demanda des nouvelles de Francesca. Clorinde était épuisée. Elle se tourna et montra un visage que Mathilde ne lui avait jamais vu : elle était grise, son regard l'effraya.

« Que vous importe Francesca ? lui lança-t-elle. Vous l'avez enfermée comme un animal. Si ça ne tenait qu'à vous, elle serait morte. »

Mathilde n'avait rien répondu. D'un geste, elle avait congédié Clorinde.

Le lendemain, au milieu de l'après-midi, Clorinde annonça à Mathilde que Santa Marietti et Julie Ludovici demandaient à être reçues.

« Pas aujourd'hui, Clorinde. Aujourd'hui, c'est une journée de deuil. Elles ne vont donc pas à l'enterrement ? dit tout bas Mathilde.

— Oui, elles y vont, mais la messe n'est qu'à cinq heures. Il en est à peine trois. Elles pensaient avoir le temps...

— Une autre fois, peut-être. Pas aujourd'hui. »

Les deux femmes attendaient dans le vestibule. Clorinde leur fit signe de la tête que non, Mathilde ne voulait voir personne.

« Mais c'est toi qui disais hier qu'elle attendait des visites ! et maintenant...

— Venez. Ne restez pas là. Allons au jardin. J'ai besoin de me reposer un peu. Je ne tiens plus sur mes jambes. J'ai passé la nuit à l'hôpital. Francesca a arraché ses pansements. Ils ont dû l'attacher au lit. Je dois y retourner tout à l'heure. Je ne veux pas qu'elle reste toute seule.

— Va, Clorinde, nous ne te retiendrons pas longtemps, dit Santa Marietti. Ne te dérange pas pour nous.

— L'air est brûlant aujourd'hui. Donne-moi un verre d'eau, veux-tu ? dit Julie Ludovici. J'ai la gorge sèche. Au fait, sais-tu que Rosalie a fait mettre un drap noir sur toutes les fenêtres de sa maison ?

— D'où tient-elle cette coutume ? dit Clorinde.

— Elle est du Sud, il paraît que là-bas, ils le font. On ne retire le drap que lorsqu'il a été blanchi par le soleil. C'est le signe que le deuil est fini.

— Ce deuil ne finira jamais », dit Clorinde.

Comme en écho à ses paroles, le glas se mit à sonner. Les trois femmes se signèrent.

« Hélas ! dit Clorinde. J'aurais mieux aimé être morte que de vivre un jour comme celui-là.

— Qui sait si l'avenir ne nous en réserve pas de pires ? dit Julie Ludovici.

— Tais-toi », dit Clorinde.

Elle se leva et raccompagna les deux femmes jusqu'à la porte sans plus dire un mot. Elles se quittèrent sur ce silence.

Tout était blanc : les murs, les stores, les draps, le lit. Francesca leva les yeux, vit la poche transparente de la perfusion qui s'écoulait lentement.

Elle avait la bouche sèche ; la nuque lui faisait très mal. Elle était attachée à son lit par des sangles. Elle essaya de lever la tête, mais la douleur fut alors intolérable ; Francesca renonça à bouger.

Elle ne savait pas depuis combien de temps elle était là. Elle voulut appeler. Elle sentit ses lèvres remuer, l'air passer entre ses dents, mais aucun son ne sortit de sa bouche. Elle ferma les yeux, épuisée.

La porte s'ouvrit. Francesca ne distinguait pas les visages qui se penchaient sur elle. Elle entendait des mots dont elle ne comprenait pas le sens. Les paroles étaient comme des bulles de savon qui s'envolaient, se perdaient et crevaient dans l'air, avant qu'elle ait pu les attraper.

Des doigts se refermèrent sur sa main comme une conque. La paume sèche et calleuse serrait sa main, la tenait ferme. Francesca crut voir sa main devenir un grand coquillage strié dont les trous laissaient voir à l'intérieur la petite corne dure, qui s'ouvrait comme un éventail et se refermait sur les plis de la spirale, fixée dans son mouvement, nette, découpée. Comme une photographie. Francesca voyait les gris et les noirs dévorer ainsi la surface de la feuille de papier. Bientôt tout son corps serait pris dans cette gangue. Francesca chercha à dégager sa main, mais n'y parvint pas. Elle ouvrit les yeux et les ombres se mêlèrent, elle sombra dans le sommeil.

Deux semaines plus tard, une ambulance la conduisit chez Clorinde. La sirène avait hurlé un long moment, puis elle s'était tue. Francesca s'était endormie pendant le voyage.

Deux hommes l'avaient montée sur une civière par un petit escalier et l'avaient déposée sur le lit avec précaution.

Francesca reconnut la chambre de Clorinde. Le miroir qui lui faisait face reflétait l'image du christ placée au-dessus de son lit. Sur la commode, dans un cadre doré, il y avait la photographie de Clorinde et de Joseph que Francesca avait faite l'été précédent. Tout cela lui paraissait si lointain maintenant !

Clorinde s'était assise près du lit. Le voyage l'avait fatiguée ; elle somnolait. Francesca s'était tournée. Une lampe, qui donnait une lumière jaune, lui fit mal aux yeux. Au prix d'un grand effort, elle se souleva et arracha la prise de courant.

La lampe vacilla, tomba par terre et se brisa. Clorinde se leva d'un bond. Francesca était assise au bord du lit ; le regard vide ; elle avait froid, elle claquait des dents. Clorinde la força à se recoucher, se blottit contre elle et lui prit la main.

Le coquillage, pensa Francesca.

Elle serra la main de Clorinde et l'appuya contre son ventre.

Francesca hurlait. Il faisait nuit noire. Clorinde accourut. L'angoisse l'étreignit : elle redoutait ces moments qui se reproduisaient presque toutes les nuits depuis que Francesca était sortie de l'hôpital et qu'elle l'avait prise chez elle.

Mathilde lui en voulait de les négliger, elle et Marie, mais Clorinde avait toujours aimé Francesca comme sa propre fille. Elle n'avait écouté personne et avait fait conduire Francesca dans son village. Là, on n'oserait pas venir la chercher. Sa famille veillait à la protection de la petite : deux hommes en armes étaient postés nuit et jour devant sa porte.

Clorinde fit de la lumière. Francesca mit les mains devant ses yeux ; elle hurlait toujours. Clorinde vit qu'elle avait défait ses pansements. Francesca était en nage. Clorinde serra Francesca contre elle, éteignit la lumière et chantonna une vieille chanson qu'elle lui chantait dans l'enfance. Joseph apparut sur le pas de la porte. Clorinde mit un doigt sur sa bouche et lui fit signe de sortir.

Francesca avait le visage posé sur la poitrine de Clorinde. Elle passa la main sous la chemise de nuit et la mit sur le sein de sa nourrice. Elle gémissait et poussait de petits cris brefs. Clorinde la berça un peu, sortit son sein et le donna à Francesca. Elle le tenait pour que Francesca l'ait dans sa bouche. Francesca ne criait plus ; elle était immobile, apaisée. Un filet de salive coulait de sa bouche. Doucement, Clorinde se dégagea, elle refit les pansements, fit boire à Francesca son médicament, lui essuya le visage et le cou avec un linge mouillé pour la rafraîchir, se rajusta, se signa devant le crucifix qui était près de la porte et quitta la pièce.

Joseph était dans le couloir. Le visage dans les mains, il pleurait. Clorinde se pencha vers lui, le baisa au front. « Elle vivra, Joseph. Ne pleure pas. »

Après s'être assurée que Francesca dormait, Clorinde ne s'était pas recouchée. Elle devait préparer la venue de Mathilde. Elle avait ouvert le salon, lavé les vitres, enlevé les housses qui recouvraient les fauteuils, épousseté les meubles. Le matin, Santa Marietti et Julie Ludovici avaient compris tout de suite qu'il se passait quelque chose d'extraordinaire : Clorinde n'ouvrait le salon que pour les grandes occasions, qui s'étaient résumées jusque-là à des deuils : la mort de sa mère et celle de son mari, trois ans auparavant.

Mathilde arriverait au milieu de l'après-midi. Clorinde avait fait des gâteaux, rincé les verres à liqueur, sorti le service à café, et elle avait tout disposé sur un plateau. Il fallait aussi préparer Francesca. Elle demanderait l'aide de Joseph.

Depuis que Francesca était à la maison, Joseph ne dormait plus. Il guettait le moindre bruit. Avec ses cousins, il montait bonne garde. Ils étaient tous armés. Il n'allait plus travailler. Cela faisait presque un mois qu'il n'avait pas bougé de chez lui. De grands cernes bleus creusaient son visage et, sans l'insistance de sa mère pour qu'il se rase — Clorinde n'avait-elle pas dit que porter la barbe est un signe de deuil ? —, il ne se serait plus du tout occupé de lui.

Clorinde avait décidé de laver Francesca et de l'habiller. Elle redoutait la venue de Mathilde, mais avait aussi la secrète espérance qu'elle pardonnerait à Francesca, se conduirait en chrétienne, aurait un peu de compassion pour sa fille. Cependant, au fond de son cœur, elle n'y croyait pas.

Francesca l'inquiétait : elle se réveillait presque chaque nuit en criant. Clorinde ne supportait plus d'être réveillée en sursaut par ces hurlements. Elle préférait rester éveillée dans le noir, sans dormir — encore que l'attente fût terrible — plutôt que d'entendre ces cris dans son sommeil. Souvent, elle s'endormait à l'aube, épuisée. Parfois, elle se demandait si Francesca aurait assez de forces pour survivre à son malheur. Elle se laissait aller au découragement, mais n'y cédait pas longtemps.

C'est la fatigue, pensait-elle, qui me donne ces idées noires.

À deux heures de l'après-midi, Clorinde, après avoir fait manger les hommes à la cuisine, était montée donner ses médecines à Francesca et avait réussi à lui faire boire un peu de lait au miel.

Francesca était dans un état de maigreur effrayante. Clorinde mettait parfois plus d'une heure à lui faire avaler un verre de lait ou un peu de bouillon. Quatre ou cinq fois par jour, elle essayait de la nourrir un peu. Elle trempait du pain dans de la soupe, l'émiettait, le lui mettait dans la bouche. Il fallait la faire boire souvent. Francesca ne supportait pas la transfusion. Elle l'avait arrachée plusieurs fois et Clorinde avait demandé qu'on la laisse tranquille. Cependant le médecin avait recommandé qu'elle boive beaucoup, sinon elle risquait de mourir. Clorinde trempait un linge, le passait sur les lèvres, soulevait un peu la tête et lui donnait à boire à la petite cuillère. Francesca vivait à peine.

Clorinde entrebâilla les volets. Francesca gémit et se tourna vers le mur. « Réveille-toi, Francesca. Il faut prendre tes médicaments et je dois refaire ces pansements. Allons, mon ange, un peu de courage... »

Joseph apporta une grande bassine qu'il emplit d'eau chaude. Il aida Clorinde à asseoir Francesca, lui soutint les épaules pendant que sa mère la déshabillait. Il vit les cicatrices épaisses et rouges aux poignets de la jeune fille.

Clorinde enveloppa Francesca dans un drap. Francesca bougea la tête, mais n'ouvrit pas les yeux. Joseph la prit dans ses bras. Elle était tellement amaigrie qu'elle lui sembla légère comme une enfant. Il la glissa doucement dans la grande bassine. Francesca tressaillit. L'eau fit du drap un voile qui la recouvrit comme une statue. Elle paraissait être de pierre.

Clorinde commença par lui laver le visage. Elle savonna le cou, les aisselles, le ventre. Francesca ouvrit la bouche. Ses lèvres tremblaient. Clorinde prit un broc d'eau chaude, et le versa sur ses épaules. Joseph, qui s'était accroupi pour mieux la soutenir, sentit, à travers le drap, la peau mouillée de Francesca. Soudain, il fut pris d'une sorte de rage, il eut envie de secouer Francesca, de la faire sortir de cette torpeur qui le rendait fou, mais il la regarda ; sa tête était appuyée contre sa poitrine ; elle était si pâle, des mèches de cheveux mouillés barraient son cou ; elle semblait respirer à peine. Les larmes lui montèrent aux yeux.

Clorinde versa l'eau sur la tête de Francesca, posa sa main sur le visage de la jeune fille et fit le signe de la croix sur son front ; elle garda la main un moment sur la tête, dit une prière que Joseph reprit à voix basse, puis elle savonna les cheveux de Francesca et la rinça.

Joseph avait les jambes qui tremblaient. Il peina à mettre Francesca debout. Il sentit alors son corps mouillé contre lui ; il crut défaillir. Il déposa Francesca sur le lit. Elle ouvrit les yeux. Clorinde se pencha sur elle, l'essuya. Joseph se détourna, ouvrit grand les volets. Le soleil était déjà haut dans le ciel. La lumière pénétra à flots dans la pièce.

Francesca était nue sur le lit. Clorinde la couvrit. Joseph la soutint encore pendant que sa mère lui mettait une robe bleue.

« Joseph, installe-la sur le fauteuil, près de la fenêtre. Ne la quitte pas. Je vais changer les draps. Dis à Francesca que Mathilde vient tout à l'heure. »

Joseph ne dit rien. Il regardait la jeune fille. Il s'assit par terre et posa la tête sur ses genoux, il prit la main de Francesca et la garda contre son cou. Il ferma les yeux.

Joseph sentit dans son cou les doigts de Francesca qui remuaient un peu. Il ne bougea pas. Il sourit. Ils étaient au soleil. Ils étaient bien.

Quand Mathilde entra, la chambre était plongée dans la pénombre. Clorinde alluma la veilleuse. Francesca ouvrit à demi les yeux. Mathilde se pencha sur elle, mais ne l'embrassa pas ; elle resta un instant près du lit. Francesca émit un petit bruit, ses lèvres remuèrent. Clorinde lut sur les lèvres de Francesca : « Va-t'en. »

« Sortons, madame. Laissons-la reposer, dit-elle.

— Tout aura donc été inutile, reprit Mathilde comme si elle n'avait pas entendu les dernières paroles de Clorinde. J'ai commencé à avoir des doutes tout de suite, le soir où Julius l'a ramenée, qu'ils étaient allés ensemble à la plage. Francesca était rentrée fagotée n'importe comment, les cheveux tout emmêlés de sel. Toi aussi, j'en suis sûre, tu avais compris. Mais tu l'as toujours protégée. J'aurais dû parler alors. Marie aurait rompu. Francesca ne se serait pas fiancée à Pierre. Le mauvais sort aurait été brisé. Non, cela n'aurait rien changé du tout. C'était le destin. Et moi, j'étais aveugle. »

Dans la nuit, Francesca hurlait encore. Clorinde vint, fit de la lumière. Francesca était assise sur le lit. Clorinde s'approcha, dit tout doucement : « Ne crie plus. Parle. »

Francesca murmura : « Éteins. Donne-moi à boire. »

Sa voix était à peine audible. Clorinde s'approcha.

« L'homme marchait seul, dit Francesca. La rue était déserte... Une rue, tu ne la connais pas... Près de... »

Clorinde entendait à peine la voix de la jeune femme. Des mots, quelques expressions émergeaient d'une longue litanie murmurée comme une prière... « Il a serré le revolver... » ; « Le dos de l'homme... » ; « L'ombre... » ; « Une voiture est passée... ».

Quand Francesca eut fini, Clorinde resta à son chevet un long moment sans rien dire, puis elle descendit à la cuisine, fit du café. Elle essaya alors, en se rappelant les phrases prononcées par Francesca, de reconstituer la scène effrayante qu'elle venait d'entendre.

Julius avait suivi l'homme dans une rue déserte du vieux Bastia. Il le suivait ainsi depuis plusieurs jours. L'homme avait pressé le pas. Julius, serrant le revolver dans sa poche, lui aussi pressa le pas pour se rapprocher. Une voiture passa. Dans la rue sombre, le dos de l'homme, éclairé par les phares, n'était plus qu'à quelques pas de Julius. C'est alors que l'homme fit un mouvement, comme pour se retourner. Julius n'en était pas certain, mais il lui sembla que l'homme voulût se retourner, alors il tira. Deux coups. L'homme tomba face contre terre. Julius s'approcha, vit une tache rouge qui commençait à se répandre sur le sol. Il s'éloigna à grands pas, remontant vers le haut de la rue. Il y eut des cris. Oui, presque tout de suite, des cris, des sirènes de voitures de police. Tout cela se passa très vite et Julius ne sut plus où il se trouvait. Il entendit la sirène hurlante d'une ambulance. Il la vit... Oui, il crut qu'il avait vu une ambulance. Il fut sur le point de courir, mais s'efforça de continuer à marcher et alors une voiture s'arrêta à sa hauteur. « Julius ! Monte ! Dépêche-toi ! » Il obéit sans même savoir qui parlait. Et ce n'est qu'après une ou deux secondes qu'il reconnut Pierre. Giovanni était sur le siège arrière. Il alluma une cigarette et la lui tendit. Julius tira une bouffée et s'endormit. D'un seul coup. Comme s'il était pris d'un malaise. Les autres eurent peur. Ils continuèrent à rouler et ne s'arrêtèrent qu'une fois arrivés.

Clorinde se rappela que Pierre, Julius et Giovanni étaient venus chez elle. Joseph les attendait. Au matin, elle avait vu les verres sur la table de la cuisine, les bouteilles vides, les mégots de cigarettes dans une assiette. Elle comprenait tout, à présent.

Clorinde retourna à la chambre où gisait Francesca. Elle ouvrit doucement la porte et vit qu'elle dormait.

Il faisait presque nuit. Clorinde alla trouver les hommes qui gardaient la maison et leur dit qu'ils pouvaient partir. Ils ne posèrent aucune question. Elle resta un moment sur le seuil, les regarda s'éloigner et entra dans la maison. La porte d'entrée était restée ouverte.

Clorinde monta jusqu'à la chambre de Francesca et la réveilla.

« Francesca... »

# II

Il avait dit : « mon amour ». Elle était assise au pied d'un arbre, les jambes repliées sous elle, le visage entre les mains, il était si près d'elle que Francesca sentait son souffle tiède sur sa joue, et il avait dit « mon amour », très doucement. Elle lui avait demandé de répéter, elle n'était pas sûre qu'il eût vraiment dit « mon amour » et Julius avait refusé de répéter. Même, il avait dit : « Rien », de sorte que Francesca n'était pas sûre qu'il l'ait dit. L'aurait-il répété, elle n'en aurait pas été sûre maintenant, de toute façon.

Il aurait dû la raccompagner chez elle tout de suite, comme le lui avait demandé Pierre, mais c'était le début de l'été, les premières grosses chaleurs, et il lui avait pris soudain l'envie de se baigner avant d'aller dîner. Il n'y avait rien de mal à cela. Il avait son maillot et des serviettes dans le coffre de la voiture. Ils iraient à la pinède, sur la route de Bastia, où ils étaient allés l'été dernier avec Pierre et Marie. Francesca avait dit oui.

Ils avaient roulé lentement jusqu'à la mer.

L'étang de Biguglia était caché par les joncs et les roseaux, mais par moments, ils le découvraient : l'eau était presque noire ; les oiseaux, effrayés par le bruit du moteur, s'envolaient par dizaines. Francesca les suivait du regard jusqu'à ce qu'ils disparaissent derrière les arbres, dans le ciel.

Ils avaient quitté la route qui longeait l'étang et avaient pris un sentier de terre. Julius roulait lentement. La voiture frôlait les branches des arbres qui crissaient contre la tôle. Francesca avait monté la vitre.

Le sentier s'élargit ; le soleil, qui passait au travers des branches, éclairait la pinède d'une lumière chaude. Francesca descendit de voiture et alla tout de suite au bord de mer. La plage était vide. Les touristes n'étaient pas encore arrivés.

Francesca avait une jupe rouge qui lui tombait jusqu'aux chevilles. Elle enleva ses espadrilles et plongea tout habillée. Elle riait de voir sa jupe gonflée d'eau. Julius s'était changé, avait enfilé son maillot et il avait aperçu la boule rouge qui flottait. Il lui avait crié de loin : « Tu es folle ! » mais elle n'avait pas entendu.

Il avait couru la rejoindre. Francesca l'avait éclaboussé, et il s'était laissé couler doucement dans l'eau fraîche. Francesca s'était rapprochée. C'était la première fois qu'il l'avait sentie contre lui. Il l'avait soulevée et lui avait mis la tête sous l'eau. Francesca s'était débattue, il avait lâché prise. Quand elle était remontée à la surface, elle était furieuse ; elle voulut sortir de l'eau, mais s'empêtra dans sa jupe, et tomba. Julius la releva. Francesca se mit à rire et retrouva sa bonne humeur. Ils restèrent encore un moment dans l'eau, mais soudain Francesca fut prise d'inquiétude : « Quelle heure est-il ? Il faut faire sécher mes vêtements, je ne peux pas rentrer dans cet état. Passe-moi des serviettes. »

Julius s'était détourné. Elle s'était dévêtue, avait noué une serviette autour des reins, une autre sur les épaules et elle avait pendu la jupe rouge et la blouse blanche sur la branche d'un tamaris.

« Donne-moi une cigarette », avait dit Francesca.

Julius était allé jusqu'à la voiture, les aiguilles de pin craquaient sous ses pieds, l'odeur délicate de la mer et celle des pins se mêlaient. Il s'était approché de Francesca qui était allongée sur le sable, elle avait fermé les yeux. Il avait regardé son visage, le petit front bombé, les sourcils si bien dessinés, la bouche épaisse, charnue, presque noire, brillante, et il l'avait embrassée.

Francesca n'avait pas bougé. Ses lèvres étaient restées closes. Julius avait alors léché doucement son visage, les paupières, les ailes du nez, le cou. Il sentait le sel sous la langue. Francesca n'avait plus pensé à rien, ni à Marie, sa sœur, ni à Pierre, qu'ils trahissaient ensemble. Tout avait commencé là.

« Il est tard ! Dépêchons-nous », avait dit Julius. Francesca avait jeté un dernier regard vers la plage. Au loin, elle avait vu la citadelle jaune de Bastia, cernée de brume. Elle avait enfilé ses vêtements encore humides. Le sel avait fait des auréoles sur la jupe rouge. Francesca avait frotté le tissu pour les faire partir, mais n'y était pas arrivée. Julius avait rangé les serviettes, s'était rhabillé : il attendait que Francesca soit prête.

Francesca s'était appuyée à un arbre pour mettre scs chaussures. Julius alors était venu vers elle ; il s'était baissé et il avait essuyé les pieds de Francesca pour en ôter le sable et les aiguilles de pin ; il avait noué ses espadrilles. Francesca retenait son souffle. Julius s'était accroupi devant elle. Il avait passé la main sous la jupe, l'avait relevée et était resté longtemps immobile, le visage entre ses cuisses.

Quand ils étaient revenus de la plage, il était presque huit heures. Julius roulait vite. Francesca avait ouvert la vitre ; l'air lui fouettait le visage ; le paysage défilait. Les formes se dérobaient à cause de la vitesse.

L'étang de Biguglia était presque noir, la mer bleu foncé, les nuages se défaisaient dans le ciel ; un gris léger baignait d'une douce lumière le vert sombre des arbres pointus. Francesca ferma les yeux. Elle était heureuse. Elle s'était penchée vers Julius et avait pris une cigarette dans la poche de sa chemise.

« Demande-moi ! Tu me gênes pour conduire.

— Je te gênais moins tout à l'heure ? »

Julius hocha la tête sans répondre. Toute la joie de Francesca avait disparu. Elle avait hâte de rentrer.

Aux abords du cimetière, Julius lui avait dit : « Je te laisse au coin de la rue.

— Non. Tu dois me ramener. Ce soir, c'est la Saint-Jean. Autrement, je ne serai pas chez moi avant neuf heures. Pierre doit venir me chercher et Marie...

— Tais-toi », dit Julius. Il reprit plus doucement : « C'est bon, je t'accompagne. Nous verrons bien. De toute façon... »

Ils ne s'étaient plus adressé la parole durant tout le trajet. Comme Julius s'était arrêté pour la déposer, Francesca avait mis sa main sur la sienne et Julius s'était dégagé vivement. Francesca l'avait quitté sans un mot et avait claqué la portière. La voiture avait démarré en trombe.

Francesca n'eut pas besoin d'ouvrir la porte. Marie était devant elle, lui barrait le passage.

« Que faisais-tu avec Julius ? »

Marie avait du mal à parler ; sa respiration était saccadée.

« Calme-toi, dit Francesca. Tu vas avoir une crise.

— Que faisais-tu avec Julius ? » répéta Marie.

Francesca, l'espace d'un instant, revit Julius au-dessus d'elle dans la lumière. Elle repoussa sa sœur.

« Où êtes-vous allés ? Réponds !

— Nulle part. Laisse-moi tranquille !

Marie saisit Francesca par le bras.

« Où êtes-vous allés ? Je ne te lâcherai pas tant que tu ne me l'auras pas dit ! »

Francesca ne chercha plus à la fuir. Tout d'un coup, elle sentit la fatigue fondre sur elle. Elle n'avait plus de forces, elle se tourna vers Marie : « On est allés à la plage.

— Je le savais... »

Marie respirait de plus en plus mal. Francesca la fit asseoir et courut dans la chambre chercher son médicament. Marie le lui arracha des mains ; elle mit le tube dans la bouche et en aspira de longues goulées.

Francesca regardait Marie. Elle chercha dans ce visage ce qui plaisait à Julius. Elle en fut bouleversée. Comment pouvait-elle être aussi vile ? Elle fut sur le point de tout avouer à Marie. Elle passa la main sur son front comme pour chasser ses mauvaises pensées et soudain elle fut prise d'une immense compassion pour sa sœur. Elle se pencha vers elle et lui caressa les cheveux.

« Calme-toi. Ce n'est rien.

— Laisse-moi, maintenant. Ne recommence plus jamais », dit Marie dans un souffle.

Les deux jeunes filles restèrent un instant face à face. Elle a le regard de Mathilde, clair comme de l'eau, pensa Francesca.

« Ne recommence plus jamais », répéta Marie.

Francesca haussa les épaules : « Tu es tellement jalouse que j'ai peur de dire la vérité. Tu me forces à mentir. Tu as toujours été comme ça, même avec papa...

— Tais-toi, je t'en prie. Il t'a toujours préférée à moi. Et Clorinde aussi. Heureusement, maman était là, mais Julius est à moi. Ne l'oublie pas. »

Francesca monta chez sa mère. Mathilde récitait son rosaire. Elle fit seulement un geste pour lui indiquer la porte et tourna le dos à sa fille. Elle regardait par la fenêtre et priait à voix basse. Francesca voyait la silhouette de sa mère se découper dans le contre-jour. Elle eut envie de parler, mais elle se mordit les lèvres et quitta la pièce. Elle descendit à la cuisine.

Clorinde se préparait à partir.

« Maman ne m'a pas dit un mot. Elle m'a fichue dehors.

— J'étais avec elle tout à l'heure. Elle t'a vue arriver. Et puis aujourd'hui, c'est la Saint-Jean.

— Et alors ?

— Rien, Francesca. Tu as mangé ? Non ? Assieds-toi. Il y a du poulet froid, de la salade. J'ai fait une tarte aux pommes. »

Clorinde dressa le couvert et s'assit en face de Francesca.

« La mer t'a ouvert l'appétit. Tu fais plaisir à voir.

— La mer ? Qui te l'a dit ?

— Tes cheveux, Francesca, et le sel sur tes vêtements, dit Clorinde en riant. Et puis le soleil aussi. Tu as pris des couleurs. Pierre ne va pas tarder. Veux-tu que je reste ? Je vais te préparer un bain. Joseph attendra. Il doit me conduire à la procession. Il se plaint de ne pas te voir assez. Il m'inquiète un peu. Va lui parler, demain ou après-demain. Il n'écoute que toi. Tu sais qu'il te considère un peu comme sa sœur. Il t'aime beaucoup. Ces derniers temps...

— Donne-moi du vin, Clorinde. Je ne voudrais pas être en retard. Pierre m'emmène sur le port, voir les feux de la Saint-Jean. Sais-tu, puisque tu sais tout, ce qu'a prévu ma sœur, ce soir ? Julius vient la chercher ? Qu'a-t-elle décidé ?

— Oh Francesca ! Pour l'amour de Dieu, arrête ! Si tu te voyais ! Tu as le malheur dans les yeux. Allons. Viens. Oublie cette heure à la plage. Fais comme si elle n'avait pas existé. Viens, ma douce, je vais m'occuper de toi. Joseph attendra. »

Qu'est-ce qui m'a pris ? avait pensé Francesca.

Clorinde avait raison. C'était de la folie. Elle devait rompre. Mais la manière dont Julius l'avait quittée, n'était-ce pas une rupture tacite ? Elle n'avait qu'à s'y conformer. Il suffisait de continuer à faire comme si de rien n'était : Marie et Pierre ne comprendraient pas qu'ils cessent de sortir ensemble.

Francesca avait déjà eu des aventures sans lendemain. Cela conjurait son envie de fuir, de quitter cette île dont elle se sentait prisonnière, de rompre avec Pierre, qui, d'une certaine manière, comme sa mère, l'empêchait d'exister, de faire ce qu'elle aurait aimé — encore qu'elle ne le sût pas vraiment ; la seule chose dont elle était sûre était qu'elle s'ennuyait à périr, sans parvenir à envisager ou à construire une autre existence plus proche de ses aspirations profondes. Depuis la mort de son père, tout semblait lui filer entre les doigts.

Pierre la protégeait de ses incertitudes, de son envie de mener une vie aventureuse dans laquelle elle ignorait jusqu'où elle pourrait aller. Cette hantise de déchoir, alliée à la peur de la solitude, l'avait conduite à se plier à un mode de vie où elle ne s'engageait guère, ou alors avec une réticence que Pierre avait devinée. Il le lui avait reproché ainsi que son mépris de l'argent. Lui avait toujours travaillé très dur ; il avait à peine dix-huit ans quand son père était mort et il avait dû reprendre l'entreprise familiale. Pierre savait tout mener de front : les affaires, la politique, les femmes.

Francesca ne cherchait pas à gagner de l'argent, refusait que Pierre lui en donne ; elle se contentait de peu ; elle avait une bourse qui lui payait ses études : cela lui suffisait. Elle ne travaillait pas l'été, n'aimait pas l'étalage du luxe dont Pierre faisait montre. Francesca avait refusé de porter une bague de prix qu'il lui avait offerte. Quand il lui en avait demandé la raison, Francesca avait avoué qu'elle avait honte.

« Tu manques de simplicité », avait dit Pierre, avec une nuance de mépris dans la voix.

Jamais Francesca ne s'était sentie coupable de prendre des amants. Souvent, ses aventures l'avaient même rapprochée de Pierre. Ces brefs moments de plaisir qu'elle s'octroyait, parce qu'ils étaient bornés dans le temps et ne portaient pas à conséquence — du moins avait-elle réussi à s'en persuader —, augmentaient la jouissance que Francesca en tirait. Mais n'était-ce pas cela qui l'avait préparée à céder aussi facilement à Julius ? Cette disponibilité à vivre l'instant présent, dont elle avait toujours pressenti les dangers, elle venait d'en reconnaître la puissance dans l'obsession de ce moment passé avec Julius : Francesca avait toujours devant les yeux le visage bouleversé de Julius dans l'amour. Elle se rappelait le regard clair, la bouche délicate, la haute silhouette de Julius, et le souffle lui manquait.

Nous sommes condamnés à l'ignorance et à la solitude, pensa Francesca.

Elle s'était habillée, était allée retrouver sa sœur dans sa chambre. Elles avaient fait la paix. Ils sortiraient tous les quatre pour la Saint-Jean et pour sceller leur réconciliation.

Quand Pierre était arrivé, Francesca s'était montrée très gaie et câline. « Je ne te vois plus. Tu me manques », avait dit Francesca et elle lui avait donné un baiser.

Julius avait téléphoné. Un contretemps. Il les rejoindrait plus tard.

Ils étaient allés boire un verre au bar de la Marine. Il y avait foule. Tout le quartier du Vieux-Port était en fête. Des cierges et des lumignons rouges brûlaient sur les rebords des fenêtres. Derrière les jalousies entrebâillées, Francesca devinait les silhouettes des vieilles femmes qui priaient, le chapelet à la main.

Tout le long des quais, des monceaux de bois avaient été disposés à distance régulière les uns des autres. On avait accroché des guirlandes lumineuses entre les réverbères. Les maisons avaient été pavoisées de drapeaux multicolores. Les terrasses des cafés avaient été prises d'assaut ; elles étaient éclairées *a giorno* ; le rouge, le bleu et le jaune des enseignes se reflétaient dans l'eau noire. Les lettres faisaient des zigzags colorés, brouillaient les mots devenus illisibles, se confondant dans la couleur.

Les gens étaient massés des deux côtés du quai. Francesca se mêla à la foule. Tout d'un coup, des chants s'élevèrent dans la nuit. Débouchant d'une ruelle du marché, la procession s'avançait, l'évêque en tête, suivi des prêtres, qui avaient revêtu la chasuble d'or, et des enfants de chœur en soutane rouge et surplis blanc brodé.

Des femmes s'agenouillaient sur le passage de l'évêque, certaines s'approchaient de lui, puis reculaient comme apeurées, d'autres, plus téméraires, lui prenaient la main, baisaient la lourde pierre mauve qu'il portait à l'auriculaire et se retiraient, à demi courbées, figées dans une révérence maladroite.

Francesca aperçut Clorinde. Elle joua des coudes pour la rejoindre. Elle s'avança jusqu'au premier rang, l'évêque passait devant elle, Francesca eut soudain la tentation de faire comme ces femmes, de s'agenouiller, baiser la bague d'améthyste, mais son élan se brisa. Mon cœur est impur, pensa-t-elle, et les larmes lui montèrent aux yeux. Elle ne fit même pas le signe de la croix quand l'évêque bénit la foule autour de lui.

Elle resta un moment à regarder la procession. Les femmes portaient les lourdes bannières frangées d'or, représentant l'effigie de saint Jean-Baptiste ; derrière elles, la statue du saint était portée par les pêcheurs.

L'un des enfants de chœur tourna la tête. Francesca vit une femme lui faire signe d'être attentif et de suivre les autres. Le regard triste de l'enfant l'émut. Il se tourna encore comme s'il cherchait quelque chose et disparut, englouti par la foule. La procession se dirigea vers la jetée. Clorinde la suivit. Francesca ne la rejoignit pas : elle resta en arrière.

La foule, qui avait attendu sur les quais, grossit encore. Les chants se turent. Un silence impressionnant leur succéda. Pendant quelques instants, plus rien ne se fit entendre. Après que l'évêque eut béni la mer et les bateaux, une clameur s'éleva : les feux s'allumèrent un peu partout.

Les hautes flammes claires crépitaient ; les étincelles rouges montaient vers le ciel. Des coups de feu furent tirés en l'honneur du saint. Les enfants dansaient autour des feux en poussant des cris de joie. Francesca resta longtemps à les regarder. Quand elle leva la tête, la grosse horloge de l'église Saint-Jean marquait près de minuit.

Peu à peu, la foule se dispersa. Francesca rejoignit Julius, Pierre et Marie au bar de la Marine. Ils avaient dédaigné le spectacle. Marie avait craint que la fumée ne lui déclenche une crise d'asthme. Les autres ne reconnaissaient plus dans cette fête païenne celle de leur enfance. Francesca dit que leur enfance était passée, la joie de l'enfance perdue, mais la fête était toujours la même.

Julius avait les yeux brillants. Il semblait un peu ivre. Il parlait avec Pierre des derniers attentats, inutiles selon lui. Pierre en convenait.

« Ils ne feront rien de mieux, dit-il. Je les connais : ils causent, ils causent... Il faut leur montrer que nous sommes prêts à agir.

— Comment ? dit Julius.

— Ils ont été corrompus par l'argent. Un mouvement peut vivre sans se déshonorer. Nous rallierons du monde si nous réussissons à faire la preuve que nous pouvons agir et frapper fort... »

Francesca n'écoutait plus. Elle avait déjà surpris des bribes de conversation comme celle-là, sans rien y comprendre. Ces discussions entre hommes sur des actions politiques la laissaient indifférente. Pierre avait cherché à l'intéresser à leurs idées, sans succès. Rêveries ; c'étaient pour elle des rêveries sans consistance. Francesca dit qu'elle en avait assez. Elle voulait rentrer.

Ils marchaient tous les quatre côte à côte pour rejoindre le parking. Pierre maugréa : « Ils pourraient éclairer cette rue tout de même ! » Francesca sentit la main de Julius lui frôler le bas du dos ; elle s'écarta un peu. Julius l'attira vers lui d'un geste brusque. Francesca manqua tomber ; elle s'appuya sur Pierre.

« Je me suis tordu la cheville », dit-elle.

Julius proposa à Marie de la raccompagner. Pierre voulut emmener Francesca chez lui. Elle le suivit. À deux heures du matin, Francesca réveilla Pierre qui s'était assoupi : « Ramène-moi. »

Pierre ne parvenait pas à s'éveiller, Francesca se rhabilla et rentra à pied. Comme elle débouchait dans la rue Favalelli, où donnait sa maison, elle vit l'ombre d'un couple qui s'enlaçait près d'un porche. Quand elle arriva à leur hauteur, elle reconnut Julius et Marie. Elle pressa le pas pour les dépasser. Son cœur battait la chamade ; les larmes l'étouffaient.

Clorinde a raison, pensa-t-elle. Je dois le fuir.

Elle tourna la clé dans la porte, n'alluma pas le corridor, monta l'escalier à tâtons. Elle posait la main sur la poignée de la porte de sa chambre quand le couloir s'éclaira : Mathilde était devant elle.

« Où est Marie ?

— Elle vient. »

Francesca tourna son visage vers la pénombre pour cacher ses larmes.

« Qu'as-tu ? dit Mathilde.

— Ce n'est rien. La fatigue », répondit Francesca et elle ferma la porte.

Après la nuit de la Saint-Jean, Julius n'avait plus donné signe de vie à Francesca. Il allait chercher

Marie à la sortie du bureau, l'emmenait boire un verre, lui offrait des fleurs. Marie était heureuse. Elle n'avait plus de crises d'asthme. Elle allait tous les matins à la plage. Elle avait la peau hâlée par le soleil. Elle était belle.

Mathilde ne cachait pas sa joie. Elle parlait de mariage. Julius Sartori était un bon parti. Il lui avait pris la lubie d'être berger, mais ses parents étaient riches. Mathilde rêvait que la maison Montadori retrouve son lustre d'antan, mais ne voulait pas précipiter les choses de peur qu'elles échouent : elle n'était pas sûre de Francesca.

Pierre était parti trois semaines sur le continent et Francesca passait ses journées avec Clorinde. Le matin, elle l'aidait à faire les chambres — ce qui agaçait Mathilde —, surveillait la cuisson du repas, épluchait les légumes ; l'après-midi, elle portait le panier de linge, obligeait Clorinde à s'asseoir sous l'orme pendant qu'elle étendait les grosses pièces : les nappes ou les draps. Ensuite, elle préparait du thé ou du citron pressé avec de la glace qu'elle lui servait avec un morceau de tarte aux poires ou aux pêches, cuite le matin même. Les deux femmes ne se parlaient presque pas. Elles jouissaient de l'ombre et du silence.

Pour sa fête, Francesca avait offert à Clorinde un éventail en dentelle noire rebrodée de perles et elle l'avait photographiée dans le jardin, assise par terre, les jambes repliées sous elle, l'éventail à la main.

« On dirait une duègne espagnole ! » s'était-elle exclamée.

Francesca, le soir même, s'était rendue dans la chambre noire. C'était la première fois qu'elle y allait depuis la mort de son père. Tout y était minutieusement rangé et étiqueté et, hormis un peu de poussière qui recouvrait la faïence, rien n'était abîmé. Francesca put commencer à travailler tout de suite.

Elle essuya les bacs, les instruments, mélangea les produits, développa le film, régla l'agrandisseur. Francesca retrouva, avec une sorte de joie émerveillée, les gestes mille fois accomplis avec son père : il lui sembla qu'il était à ses côtés.

Cette prédilection pour le secret lui venait peut-être de ces heures passées dans le noir avec lui, penchée au-dessus du bac où flottait le papier : elle attendait le miracle de la révélation lente de l'image, des formes à peine esquissées qui se précisaient si vite qu'il fallait prendre garde à ne pas laisser les photos tremper trop longtemps dans le liquide : elles devenaient complètement noires ; combien de fois s'était-elle laissé surprendre par ce soudain obscurcissement inattendu ! Son père riait parfois de ses déconvenues, d'autres fois, il saisissait les pinces et plongeait le papier dans l'eau et ensuite dans le bac du fixateur. Il lui était arrivé de la regarder développer des films, sans l'aider ni dire un mot.

Il lui avait appris à faire des filtres ; selon le degré de contraste que Francesca voulait obtenir, elle masquait des parties de la photographie. Elle le faisait avec la main ou avec des papiers découpés sur la forme qu'elle voulait masquer ; elle les bougeait au-dessus de la projection du négatif pour qu'on n'en voit pas la trace au tirage. C'était un travail lent et difficile dont Francesca ne se lassait pas.

Quand elle avait fini, son père mettait les photographies sous la lampe, hochait la tête, et s'il était satisfait du résultat, il allait à la cuisine, préparait du café, le lui servait, l'appelait pour qu'elle le boive chaud et il allait ranger et nettoyer la chambre noire.

Ils restaient ensuite jusqu'à l'aube à discuter et à boire du café ensemble. Son père allait chercher dans sa bibliothèque des livres de photographes dont, pour la plupart, elle avait oublié les noms. Ils regardaient les photographies en silence, Francesca tournait les pages. Parfois, son père l'arrêtait et lui montrait un détail, expliquait un point de vue, l'originalité d'une perspective. Il était passionné par les traces des êtres et des choses. Dans la photographie, il aimait, disait-il, les signes de la présence décelée, l'allusion de l'ombre.

Il était tout le contraire de Mathilde. Comment avait-il pu épouser un être si différent de lui ? Son père aimait l'Italie, la grande musique, les livres. Mathilde méprisait ces passions qui lui étaient étrangères ; elle n'éprouvait aucune gêne de son ignorance : elle voyait dans les passe-temps de son mari l'effet d'une vie oisive et chez l'amateur de belles choses, les vices de sa classe. Cependant, son père avait sans doute besoin de cette femme solide à ses côtés pour ne pas céder à la mélancolie. Mathilde était pour lui la certitude que le monde est simple, que ses préoccupations à lui, David, étaient une sorte de luxe qu'il pouvait s'offrir parce que Mathilde veillait sur lui.

Ainsi, cet été-là, s'enfermer dans la chambre noire des heures entières fut pour Francesca une manière de transformer en nostalgie ce qui, durant ces deux dernières années, avait été une hantise : la disparition de son père.

La photographie la divertissait aussi de ce qui l'obsédait — l'indifférence de Julius à son égard —, sans qu'elle ait jamais eu le courage de le reconnaître. Elle faillit parvenir à surmonter cette épreuve, mais, comme devait dire Clorinde beaucoup plus tard, le destin de Francesca était d'aimer Julius.

Donc, aux environs de la mi-juillet, Francesca avait développé le film qu'elle avait fait de Clorinde dans le jardin. Elle avait passé une partie de la nuit à tirer les photographies et les avait laissées, encore humides, sur la table de la cuisine.

Clorinde, le lendemain, les regarda longuement : elle se trouva vieille et laide. Quand elle vit Francesca, elle sourit : « Suis-je vraiment ainsi ? lui dit-elle.

— Oui. Enfin, il me semble.

— Francesca, tu dois photographier mes amies. Il faut que je compare ! Je ne me vois pas telle que tu m'as photographiée. Il me semble que ce n'est pas moi. Peux-tu photographier les voisines, sous l'arbre, avec l'éventail, dans la même posture ? »

Francesca éclata de rire : « Pourquoi pas ? Dis-leur de venir. »

C'est ainsi que commencèrent les séances de pose. Chaque matin, des modèles se présentaient et Francesca passait une heure ou deux avec elles. Les femmes lui racontaient leur vie, les grossesses successives ; les enfants à élever, et les maris : tous jaloux, avares, coureurs de jupons, mécontents et bons à rien.

« Ne te marie pas ! » disaient-elles.

Francesca leur offrait une tasse de café, parlait peu, écoutait beaucoup et les photographiait. Au bout d'un moment, les femmes étaient prises par leur histoire ; elles racontaient leur jeunesse, leurs joies et leurs peines : elles ne la voyaient plus.

Francesca avait pris d'admirables portraits de groupe. Sur l'un d'eux, trois femmes sont tournées vers une autre, qui est de profil. Son visage se découpe avec une grande netteté, on y voit les moindres rides, le pli amer de la bouche, les lèvres fines, serrées ; à l'arrière-plan, seuls les regards des femmes sont clairs, le reste du visage paraît effacé ; une autre femme, un peu à l'écart, est assise avec l'éventail, dans la même pose que Clorinde. Plusieurs photographies montrent une femme seule, assise sous le grand arbre, l'éventail à la main. L'une d'entre elles tient l'éventail presque replié, la tête renversée en arrière, elle rit à gorge déployée.

L'après-midi, Joseph venait souvent rendre visite à sa mère. Il ne cachait pas sa joie de voir Francesca. Elle aussi semblait heureuse de le retrouver. Ils avaient le même âge. Ils se rappelaient leurs souvenirs d'enfance. Clorinde disait qu'ils avaient été élevés comme frère et sœur. Francesca avait souvent passé ses vacances d'été au village, dans la maison de Clorinde. Mathilde avait toujours refusé que Marie y aille, mais ne s'était jamais opposée à ce que Francesca quitte la maison, parfois pour des semaines entières. David cédait au désir de Francesca d'y aller. Il préférait la savoir heureuse loin de lui que la voir traîner dans la maison comme une âme en peine.

Au village, le soir, à la veillée, les vieilles femmes se réunissaient et racontaient de terribles histoires qui effrayaient les deux enfants. Francesca et Joseph se serraient l'un contre l'autre. Il arrivait aussi qu'ils n'écoutent rien, ils mimaient les vieilles édentées dont le visage, à la lueur de la lampe, paraissait grotesque. Ils étaient pris de fou rire qu'ils contenaient un instant, ils se forçaient à ne pas se regarder, retenaient leur souffle, leurs joues s'enflaient prêtes à éclater et, au premier coup d'œil échangé, ils riaient de plus belle. Clorinde leur faisait signe de se taire, ce qui ne faisait qu'ajouter à leur hilarité et, comme ils ne cessaient pas, on les envoyait se coucher. Francesca revêtait une chemise de nuit trop grande pour elle, Joseph, pour l'amuser, en faisait autant. Ils s'endormaient tard, épuisés par les jeux et les rires. Cette complicité, qui remontait à l'enfance, était toujours demeurée entre eux, formait un lien dont la force ne leur apparut à tous deux que bien plus tard, quand ils durent l'éprouver.

Ainsi, Francesca usait toujours avec Joseph d'un ton familier, l'interrogeait sur la vie qu'il menait, les femmes qu'il rencontrait. Un jour, elle lui demanda « s'il était avec quelqu'un », mais Joseph se renfrogna et éluda la question. Francesca insista et Joseph fit mine de s'en aller. Pour le retenir, Francesca lui parla de la chasse ; elle savait que le sujet lui tenait à cœur. Il lui raconta comment il avait piégé des lièvres et tiré les perdreaux.

« Tu chasses toujours seul, dit Francesca. Je ne comprends pas...

— Il n'y a rien à comprendre. J'aime me poster, attendre, décider du moment où je vais agir. Cela seul compte. Quand tu sais que l'animal ne peut plus t'échapper. Tu es seul à décider de ce moment et tu profites alors de la justesse de ta décision. Je ne supporterais pas qu'une présence étrangère vienne troubler ce moment-là, le fasse rater ou même m'empêche de le saisir. Il faut être à l'affût...

— Tu aimes tuer ?

— J'aime savoir que je peux le faire quand je le décide. Je ne tremble pas. Le reste ne m'intéresse pas. Je pourrais même abandonner la prise..

— Tu es cruel, Joseph.

— Moins que toi, Francesca...

— Qu'est-ce que tu racontes ? Que veux-tu dire ? J'ai fait quelque chose de mal ? Je t'ai blessé sans le vouloir ?

— Non, Francesca. Pardonne-moi. Je n'aurais pas dû... Il faut que je parte maintenant...

— Non ! Attends, dit Francesca. Parle. Tu en as trop dit pour te dérober.

— Eh bien ! Ce n'est pas grand-chose. Voilà : j'aimerais que tu m'accompagnes quelquefois dans les Agriates, qu'on aille se balader ensemble comme tu le fais avec certains...

— Mais tu sais bien qu'avec toi, ce n'est pas pareil, Joseph. Clorinde le dit assez.

— Je me fiche de ce que dit ma mère. J'aimerais que ce ne soit pas si différent. À Julius, tu ne refuses pas et pourtant il est fiancé à ta sœur...

— Julius ? Qui te l'a dit ? Ce sont des calomnies...

— Je vous ai vus alors que je chassais...

— Ne mens pas, Joseph. Tu nous a suivis !

— Me crois-tu capable d'une chose pareille ? C'est bon pour ta sœur et Pierre, pas pour moi...

— Que dis-tu là, Joseph ?

— Rien. Laisse-moi, Francesca. Oublie tout ça. Je dois partir », dit Joseph et il s'en alla en hâte.

Restée seule, Francesca ne cessa de se répéter les paroles de Joseph. Au vrai, elle avait peur. Elle finit par se persuader que la solitude rendait Joseph amer et soupçonneux : il avait inventé toute cette histoire par dépit. Francesca se força à ne plus y penser.

Elle eut du regret que Joseph fût tellement changé. Il ne restait presque rien du garçon rieur et enjoué qu'elle avait connu dans l'enfance. Cependant, elle lui garda rancune de sa jalousie ;

elle conçut le désir de l'humilier devant Julius, mais y renonça bientôt ; elle s'en voulut même d'avoir des idées aussi basses.

« Joseph est incapable de me faire du mal. Il est innocent comme l'eau de la source », pensa Francesca et elle ne put s'empêcher d'avoir de l'orgueil à l'idée de l'attachement aveugle que Joseph lui portait et qu'elle feignait d'ignorer.

Joseph vint encore lui rendre visite, mais la plupart du temps il était d'humeur sombre. Il se tenait assis dans un coin de la cuisine, la tête basse, les mains à plat sur les cuisses, parlait à peine, fuyait le regard de Francesca. Parfois, il partait sans même la saluer.

Un jour, Francesca se plaignit devant lui que Pierre travaillait trop ; ils ne faisaient plus rien ensemble. Joseph lui proposa de la distraire. Francesca refusa.

« L'été n'a jamais été pour moi une saison favorable, dit-elle. Mon père est mort en plein été. Chaque année, je redoute un nouveau malheur. »

Joseph ne put l'entendre parler ainsi sans tressaillir. Il fit les cornes sous la table et changea de conversation. Les jours suivants, il apporta des fleurs, des gâteaux, dit des bêtises qui amusèrent Francesca. Il riait de la voir si gaie. « Tu fais plaisir à voir », lui dit-il.

Au grand étonnement de sa mère, Joseph, qui n'était pas d'un naturel docile, accepta de poser pour Francesca. Elle lui demanda de venir de bonne heure : « Après, la lumière est moins fine. »

Francesca appela Clorinde, qui se fit prier : « Viens ! » cria Joseph.

Joseph était beaucoup plus grand que sa mère. Il la prit par les épaules, alors Clorinde se tourna vers lui et le regarda en souriant. Francesca retint sa respiration.

Quand elle vit la photographie, Clorinde embrassa Francesca : « Là-dessus, je me reconnais », dit-elle.

Clorinde garda un moment le silence.

« Sais-tu, reprit-elle, que je ne connais pas de liaison à Joseph ? Il est pourtant beau garçon, n'est-ce pas ? Tu devrais l'encourager à sortir. Puisque Pierre est absent, tu pourrais l'accompagner, un soir... »

Mais Clorinde vit que Francesca n'écoutait plus, elle préféra se taire et regretta même d'avoir trop parlé.

Joseph se fit plus rare à la maison Montadori. Quand Francesca en demanda la cause à Clorinde, celle-ci haussa les épaules : « Je l'ignore, dit-elle. Ces temps-ci, on ne peut plus lui adresser la parole. Le moindre rien le met en colère. Je ne comprends pas. Va le voir, toi, si tu veux.

— Non », répondit Francesca avec brusquerie. Elle avait les lèvres serrées, le regard sombre.

Clorinde se détourna. Ce visage fermé lui faisait peur. Elle songea que Francesca et Joseph n'étaient plus des enfants. En grandissant, ils étaient devenus presque des étrangers pour elle : Clorinde ne les comprenait plus.

Francesca passait ses soirées et même une partie de la nuit dans la chambre noire. Elle avait les mains abîmées par les produits, les yeux rougis par les veilles. Clorinde, que d'abord cette occupation avait amusée, commença à s'inquiéter de l'entêtement que Francesca y mettait. Mathilde était irritée par les allées et venues continuelles des « mannequins », comme elle appelait par dérision les amies de Clorinde.

« On n'est plus chez soi, avait-elle lancé à Francesca pendant le déjeuner.

— Mais l'as-tu jamais été, maman ? » avait répliqué Francesca en quittant la table.

Mathilde avait blêmi. Elle aurait aimé que son histoire fût oubliée, et surtout que ses filles n'en aient jamais rien su. Mais tout se savait dans cette ville, où la maison Montadori, la plus grande, la plus riche autrefois, dominait la vieille ville. Et tout le monde savait comment Mathilde était entrée comme domestique au service de la famille Montadori, à l'âge de quatorze ans. Quatre ans plus tard, elle en épousait le fils, David. Cela, personne ne l'avait oublié.

Les mauvaises langues s'étaient arrangées pour que ses filles le sachent dès leur plus jeune âge. Marie n'y avait jamais fait allusion, mais un jour Francesca était rentrée de l'école bouleversée. Elle n'avait pas adressé la parole à sa mère pendant plusieurs jours. Mathilde ne lui avait pas pardonné tant de hauteur. David avait été plus indulgent, comme à l'ordinaire. Mathilde s'était sentie abandonnée par les siens. Elle avait trouvé refuge auprès de Marie, qui ne l'avait jamais déçue, l'avait toujours défendue avec ardeur. De Francesca, Mathilde disait qu'elle n'avait pas de sentiment.

Au vrai, Mathilde avait connu la maison Montadori, bien avant qu'elle n'en porte le nom. C'était Anna-Maria qui la dirigeait alors d'une main de fer.

La première fois qu'elle y était venue, Mathilde avait à peine huit ans : elle livrait le lait frais, une fois par semaine. Sa famille était pauvre. Ils habitaient la campagne aux alentours de Bastia. Pour arriver à la maison Montadori, qui se trouvait au cœur de la vieille ville, Mathilde devait parcourir plusieurs kilomètres.

Elle se rappelait le chemin, la route jaune sous le soleil, les peupliers qui tremblaient dans la lumière, le cimetière immense devant lequel elle ne passait pas sans se signer et dire la prière des morts. C'était la rase campagne. Ce n'était pas comme aujourd'hui, hérissé de tours et d'immeubles. Il fallait suivre la route du bord de mer, s'enfoncer dans un lacis de ruelles obscures, qui semblait ne devoir jamais finir, et débouchait soudain sur une place dégagée où était érigée la maison Montadori.

De là, on dominait tout le Vieux-Port. Mathilde, parfois, s'attardait à regarder les bateaux, l'église Saint-Jean-Baptiste. Plus tard, elle aima descendre jusqu'aux quais où les pêcheurs ravaudaient leurs filets et où les femmes, assises sur des petits tabourets de férule, faisaient des tresses d'ail, préparaient les anchois, surveillaient les enfants en bas âge, qui jouaient ou dormaient dans leurs jupes. Les filets côtoyaient les monceaux de légumes, du maïs ou des haricots, qui séchaient au soleil. De loin, les silhouettes penchées des femmes en noir se confondaient avec les choses entassées là, et leur ombre aperçue relevait la couleur de la mer si proche et presque ignorée.

Tout était changé désormais, pensa Mathilde. Les quais étaient bordés de commerces, de cafés, de restaurants ; il n'y avait presque plus de pêcheurs. Les années avaient passé si vite...

Mathilde allait sur ses dix-sept ans quand, un soir, Jean Montadori, son maître, la vit nue à la lueur de la lampe. Il avait semblé à Mathilde voir une ombre ; elle referma vite la porte, mais il n'y avait pas de verrou et Mathilde resta un long moment à l'affût à guetter le moindre bruit. Comme rien ne se fit entendre, elle se persuada qu'elle avait rêvé et se coucha.

Le jour n'était pas encore levé quand Jean Montadori se glissa dans le lit de Mathilde. Il la prit de force dans son sommeil, lui mettant la main sur la bouche pour l'empêcher de crier.

Le matin, il sembla à Mathilde avoir fait un mauvais rêve. Elle se redressa sur son lit. Elle était nue. Elle se couvrit et, soudain, ouvrit la bouche, le regard empli d'effroi ; elle jeta bas le drap et la couverture et vit entre ses jambes une traînée de sang séché. Elle se leva d'un bond, se dépêcha de se laver, prit les draps, les lava à l'eau froide, les savonna à s'en arracher la peau et les mit à sécher. Elle s'assit dans le jardin, et quand elle regarda les grands draps blancs, au-dessus d'elle, qui flottaient dans le bleu du ciel, elle se mit à pleurer. Elle pensa se tuer, mais elle n'en eut pas le courage.

C'était le printemps. David Montadori préparait ses examens. Il descendait souvent à la cuisine boire un café ou fumer une cigarette. Au fil des jours, il s'attarda davantage. Mathilde le trouvait gentil. Si elle le regardait fixement, il rougissait. Un jour, ils se croisèrent dans le corridor ; David la frôla, Mathilde sursauta et se mit à sangloter. David ne savait que faire pour la consoler, il s'enfuit, bouleversé par cette peine qu'il ne comprenait pas. Le soir même, il lui apporta des fleurs. Mathilde lui sourit et serra le bouquet contre son cœur.

Deux ou trois mois passèrent ainsi. Mathilde voyait Jean Montadori quand elle le servait à table, il ne levait même pas les yeux sur elle. Elle commença à penser qu'il l'avait oubliée. Elle se surprenait à songer à David, le soir, avant de s'endormir.

David délaissait ses amis. Il profitait des absences de sa mère pour aller voir Mathilde. Il l'aidait à étendre le linge, à faire le jardin. Ils ne se parlaient presque pas. Une fois, Anna-Maria s'absenta toute la journée. David prépara un pique-nique. Il mit une nappe dans le jardin, installa les assiettes de porcelaine et les couverts en argent. Ils burent dans des verres en cristal. Mathilde tremblait à la pensée qu'ils puissent être découverts et

David riait de sa peur. Il avait acheté du vin, des pêches au sirop, des gâteaux au miel. Mathilde but un peu de vin. Le rose lui monta aux joues. Elle s'assoupit sur l'épaule de David. Ils passèrent ainsi une partie de l'après-midi, l'un contre l'autre.

David osait à peine bouger. Il l'éveilla doucement. Il caressait ses cheveux. Mathilde le regarda. Elle se laissa embrasser. Elle en eut du remords. Le lendemain, elle dit à David qu'il ne devait plus la voir.

David ne vint plus à la cuisine ni dans le jardin. Il évitait Mathilde. Elle n'y pensait plus, mais, parfois, la nuit, elle se réveillait en sueur et ne se rendormait qu'à l'aube, épuisée.

Un soir, Jean Montadori vint la retrouver dans sa chambre. Quelque temps après, au réveil, Mathilde fut prise de nausées. Anna-Maria Montadori était descendue à la cuisine et l'avait trouvée sans connaissance. Elle avait eu très peur. Mathilde mit longtemps à revenir à elle. Elle prétendit que des fruits lui avaient fait mal ou que le vieux Léon, qui la saluait tous les matins et lui faisait des compliments stupides, lui avait donné le mauvais œil. Elle convint avec Anna-Maria de se rendre chez Chiara.

Chiara habitait une maison un peu en dehors de la ville. Elle vivait seule avec sa fille Marthe. Son mari était mort et elle avait perdu un fils en bas âge. Depuis, on racontait qu'elle parlait aux morts, qu'elle avait des dons. Beaucoup s'adressaient à elle.

Quand Anna-Maria et Mathilde arrivèrent près de chez elle, Chiara vint à leur rencontre. D'un geste, elle écarta Anna-Maria et fit signe à Mathilde de la suivre.

Anna-Maria n'osa pas demander à Mathilde ce que Chiara lui avait dit. Elle était oppressée. Elle regagna la maison avec difficulté et le soir, elle se coucha sans dîner. Mathilde retourna chez Chiara. Anna-Maria n'entendit plus parler de malaise. Tout semblait rentré dans l'ordre.

David ne regardait plus Mathilde. Au début, elle avait été étonnée qu'il se déprît d'elle aussi vite, puis elle en avait eu du dépit, enfin, elle le rechercha. Elle épiait ses allées et venues, tentait de l'apercevoir quand il rentrait, et craignait toujours qu'il ne la vît.

Un matin, elle trouva des fleurs sur la table de la cuisine. Mathilde les prit et les cacha dans sa chambre. Comme elle étendait du linge, David vint la rejoindre au jardin. Il l'aida comme il avait l'habitude de le faire. Ils évitaient de se regarder. Mathilde, quand ils eurent fini, lui proposa de boire une orangeade. Elle le servit et s'assit à côté de lui. David lui prit la main. « Veux-tu me retrouver demain matin, à cinq heures ? Je t'attendrai derrière l'église. » Mathilde fit signe que oui. Ils restèrent ensuite longtemps sans rien dire. C'est ainsi que les trouva Jean Montadori, qui rentrait de la campagne où il était allé visiter sa sœur. David, qui craignait la colère de son père, voulut quitter Mathilde, mais elle avait pâli et tremblait de tous ses membres ; David resta et se moqua de sa frayeur pour réconforter la jeune fille.

C'est la peur qui lui fit rejoindre David dans sa chambre le soir même. Mathilde voulait tout lui dire. Il ne lui en laissa pas le temps.

Au matin, David avait trouvé les draps tachés de sang. Il ne s'était jamais posé la moindre question. Mathilde était enceinte d'un mois. Elle avait des douleurs terribles ; elle perdait du sang. Elle priait pour perdre le bébé. Chiara, à qui elle avait demandé de le faire partir, avait refusé. Trop dangereux. Trop jeune, avait-elle dit. Elle lui avait donné des herbes qu'elle faisait infuser, dont elle devait boire une tasse tous les matins. Au bout d'un mois, les douleurs disparurent, Mathilde ne saignait plus. Elle retourna voir Chiara. L'autre souleva sa robe, regarda son ventre, posa ses mains dessus. « Ce sera une fille. Va le dire au père », lui dit-elle.

Jean Montadori revenait de la chasse ; il était dans sa chambre. Il était torse nu. Il ne se couvrit pas à la vue de Mathilde, qui recula, voulut sortir, mais il l'en empêcha, prit une serviette, la lui tendit : « Essuie-moi le dos. Frotte fort ! » ordonna-t-il.

Elle frottait si fort que la peau rougissait. Mathilde était en nage. Dans un souffle, elle lui dit : « J'attends un enfant. » Jean Montadori se retourna et lui donna une gifle. La violence du coup lui fit perdre l'équilibre, Mathilde buta contre le buffet. Aussitôt, elle ressentit une vive douleur dans le ventre.

« Va-t'en ! Quitte cette maison ! Je ne veux plus te voir. » Il la prit par le bras et la mit dehors. Mathilde n'arrivait plus à respirer. Dans le couloir, elle dut s'appuyer au mur. Anna-Maria, aux cris que son mari avait poussés, était accourue. Quand elle vit Mathilde, elle mit un doigt sur sa bouche, la soutint et la conduisit dans sa chambre. Elle la fit s'étendre sur le lit, respirer des sels. Anna-Maria était pâle comme une morte.

« Qu'as-tu ? dit-elle, C'est David ? » Mathilde fit signe que non. Anna-Maria étouffa un cri.

C'est elle qui parla à David, exigea qu'il répare la faute de son père, ordonna à son mari de se taire. Le mariage fut célébré au petit matin.

À peu de temps de là, on trouva Jean Montadori mort dans son cabinet de toilette. Il n'avait même pas eu le temps de remonter son pantalon. Il avait eu un étouffement qui lui avait laissé la figure bleue.

Mathilde n'alla pas à la veillée funèbre. À ceux qui s'étonnèrent de l'absence de sa belle-fille, Anna-Maria répondit sèchement que la solitude de Mathilde, dans son état, était plus nécessaire que de veiller un mort.

# III

L'été précédant le meurtre, au début du mois d'août, Francesca avait demandé à Marie de poser pour elle. Elles s'étaient rendues à la pinède où elles étaient accoutumées d'aller avec Julius et Pierre. Il était très tôt. La plage était déserte ; la lumière très blanche.

Sur les photographies, les seules que Francesca fît en couleurs, cet été-là, Marie est pieds nus ; elle porte la jupe rouge et la blouse blanche de Francesca ; par endroits, le rouge de la jupe est plus foncé parce que la jupe est mouillée : Francesca avait fait asseoir Marie au bord de l'eau. Dans la lumière, les cheveux de Marie sont presque orange ; ses yeux, violets.

Un mois plus tard, à la fin de l'été, au même endroit, Francesca avait fait la photographie de Julius, celle qui avait paru dans le journal.

« La passion des images l'a reprise », disait Mathilde. Malgré ses reproches, elle préférait que Francesca fasse des photographies plutôt que ne rien faire et tromper son ennui dans les cafés de la place Saint-Nicolas ou du Vieux-Port.

Clorinde, au contraire, l'encourageait à sortir ; cet engouement pour la photographie ne lui plaisait plus du tout. Francesca lui semblait une autre femme. Pourtant, elle parut heureuse de revoir Pierre.

Joseph, dans les derniers jours de l'été, avait trouvé Francesca dans un état de grande agitation. Il lui en avait demandé la cause.

« Tu te trompes, avait répondu Francesca. Jamais je n'ai été si sereine. »

Joseph avait répété ces paroles à sa mère. Clorinde avait hoché la tête : « N'en parlons plus, mon fils. Les mots attirent parfois les choses que l'on redoute le plus. »

C'est Marie — après avoir vu les photos de la plage — qui avait proposé à Francesca de faire des photographies dans le désert des Agriates.

Francesca avait demandé à Marie de l'accompagner. Elles étaient arrivées à la bergerie sur le coup de dix heures. Julius les attendait. Il était seul. Giovanni, son aide, était en ville.

Il faisait très chaud. Julius leur offrit de prendre du café. Elles s'assirent sur la grande pierre plate, devant la porte. Julius les servit. Francesca avala son café : elle était pressée de se mettre au travail. Elle partit une demi-heure repérer les lieux. Elle revint en nage, et de méchante humeur.

« La lumière n'est pas bonne.

— La lumière n'est pas bonne ? dit Julius.

— Non. Il y a une brume qui pèse sur tout, empêche la netteté. Moi, je veux du contraste. On n'est pas à Venise ! Ce sera peut-être pour une autre fois. Un jour de grand vent, ciel lavé, gris durs, blancs marqués, c'est ça que j'aime. Bon, je redescends. Que fais-tu Marie ?

— Je reste. »

« Déjà de retour ? dit Clorinde.

— Oui. Rien n'était comme je voulais...

— N'y va plus, ma douce...

— Qu'est-ce que tu vas chercher, Clorinde ?

— Je ne cherche rien. Fais-moi plaisir : va à la mer, sors, prends un amant, si Pierre...

— Je vais rompre. Je ne l'aime plus. Il faut le dire à Mathilde...

— Écoute-moi. Si tu romps avec Pierre, il ne va plus te lâcher. Il sera sans cesse pendu à tes basques. Tu ne le vois presque plus, à peine une heure ou deux le soir. Et encore avec tous ses voyages... Fais durer.

— Si je te comprends bien, Clorinde, tu es en train de m'enseigner comment ne pas me faire prendre ?

— Mais non, voyons. Julius...

— Ne prononce pas son nom !

— Ah ! Mon Dieu ! Francesca ! Qu'allons-nous devenir ? »

Ils étaient quatre à connaître l'endroit que Julius avait découvert. Un soir, il était arrivé très excité. C'était en partant à la recherche d'une chèvre qui avait fui — on ne sait pour quelle raison, avant qu'elles ne mettent bas, certaines d'entre elles quittent le troupeau, partent en solitaire : elles errent des jours entiers dans la montagne — que Julius avait découvert, selon ses dires, un endroit merveilleux.

Il s'était fait prier pour les emmener et puis il avait cédé. Il avait pris la main de Marie et avait dit : « À toi, je veux le faire connaître d'abord. » Francesca avait pâli. Elle s'était levée de table pour avertir Clorinde de servir le café au salon.

Finalement, ils y étaient allés tous ensemble.

Ils s'étaient mis en route un peu avant l'aube : la bergerie de Julius était assez loin à l'intérieur des terres. Il fallait prendre la route de Saint-Florent, puis celle de Casta, dépasser Bocca di Vezzu, en face du Monte Genova, prendre une piste défoncée, à peine praticable, qui longe le « Tettu », une petite rivière qui est déjà presque à sec au début de l'été et débouche sur la plage de Mafalcu : ils l'apercevaient quelquefois au détour d'un virage. Au mois d'août, elle est envahie par les touristes en mal de nature sauvage et d'exotisme, mais à cette époque de l'année, elle était déserte.

Le soleil n'était pas encore levé quand ils arrivèrent à la bergerie. Julius les attendait depuis un moment déjà. Il avait préparé du café. L'air embaumait.

Ce qu'ils appelaient la bergerie était une construction en pierres, à la toiture en terre rouge, un pailler, qui disposait d'un enclos. Le terrain où se trouvait la bergerie était très vaste. Il appartenait à la famille de Julius depuis des générations.

Julius avait restauré les voûtes en encorbellement, refait à l'identique la charpente en bois d'olivier, reconstruit le muret de soutènement en pierres sèches, planté des oliviers, des figuiers, mais aussi des citronniers et des lauriers-roses. Chaque année, en septembre, il rebouchait les lézardes de la toiture en terre rouge avec une pâte faite de cendres de bois et d'eau. Il avait rajouté des pierres plates sur le bord du toit qui servaient de gouttière, comme il avait pu en voir dans d'autres paillers abandonnés des Agriates.

Ainsi, les trois premières années, Julius avait cru rebâtir un monde, et puis il s'était lassé de ce travail harassant qui ne lui laissait ni trêve ni repos. Il avait embauché Giovanni. Julius avait éprouvé la rudesse du métier de berger, il ne l'avait pas abandonné, mais avait négligé les tâches les plus ingrates. C'était Giovanni qui s'occupait de tout.

Ce qu'aimait Julius par-dessus tout, c'était les Agriates, la chasse, la solitude. Certes, il montait à la bergerie chaque matin, mais il ne faisait presque plus rien. On le voyait souvent en ville. Il avait repris ses habitudes de jeune homme oisif. Il allait au café retrouver ses amis, il avait renoué avec Pierre et par la même occasion avec la politique. Ils en parlaient souvent.

Après l'attentat contre la gendarmerie de Bastia, on eût dit qu'ils n'avaient plus d'autre sujet de conversation.

Le sigle « A. R. », entouré d'un cercle, avait été peint sur les murs. On en ignorait la signification et le communiqué envoyé à la presse n'en avait donné aucune explication. C'était un nouveau groupuscule. « Un de plus », avait été le commentaire du journaliste. Les gendarmes s'étaient retrouvés en pleine nuit, dans la nature, à plusieurs kilomètres de leur caserne, sans armes et sans uniformes.

« Ridiculisés ! avait dit Francesca. Leurs camarades auront à cœur d'arrêter les coupables.

— Sûrement, répondit Pierre, mais ils leur mettront difficilement la main dessus.

— Il paraît qu'ils ont laissé des empreintes, comme s'ils se moquaient de prendre les précautions les plus élémentaires, dit Francesca.

— C'est peut-être le cas, en effet, dit Pierre, mais ces négligences sont peut-être volontaires...

— Qu'est-ce que tu racontes ? l'avait interrompu Julius. Cela n'a pas de sens.

— Bien sûr que si. Les traces laissées en évidence sont parfois un appât et peuvent servir une action d'une plus grande envergure...

— Tu dis n'importe quoi, dit Julius.

— Je ne comprends rien à ces finesses, dit Francesca. Pour moi, je n'y vois qu'une maladresse.

— Tu as raison, dit Julius. Ce ne peut être qu'une maladresse. »

Et comme Pierre se laissait emporter par sa fougue et voulait continuer à argumenter, Julius lui avait fait signe de se taire. Quand Francesca était sortie de la pièce, il lui avait dit : « Es-tu fou ? Tu parles devant les femmes maintenant ? Tu veux notre perte ? »

Clorinde l'avait entendu. Comme elle n'arrêtait pas d'aller et de venir, ils n'avaient pas fait attention à elle.

Clorinde n'avait pas bien saisi toute la conversation, mais le soir même elle avait demandé à Joseph si ses amis ne préparaient pas un mauvais coup. Il l'avait rassurée : « Penses-tu ! Ils en sont incapables. Ils se montent la tête », avait dit Joseph, avec une moue de mépris.

Clorinde l'avait cru. Toutes ces conversations politiques ne l'intéressaient pas. Elle les écoutait d'une oreille distraite. Elle ne prêta pas davantage attention à la nouvelle d'un attentat qui détruisit sept villas. Le couple de gardiens et ses deux enfants avaient été bâillonnés, ligotés et enfermés dans leur voiture. On les avait retrouvés hébétés et transis de froid au petit matin, nous étions en novembre. Julius et Pierre s'étaient beaucoup excités là-dessus ; ils avaient loué cette action courageuse, qui renouait avec les meilleures traditions de défense de l'île. Comme cet attentat avait eu lieu dans le Sud, personne ne fit le rapprochement avec le mouvement de Pierre et de Julius, qui avait pourtant soutenu les auteurs de l'attentat dans un communiqué dans la presse. La police n'avait même pas daigné les interroger.

Ainsi, pour Clorinde, la politique était une affaire d'hommes jusqu'au jour où ceux qu'elle considérait toujours comme des enfants étaient devenus des assassins. Alors, Clorinde, Mathilde, et peut-être Francesca, avaient dû penser qu'elles avaient eu tort de ne s'être pas intéressées à la politique, de n'avoir rien tenté pour faire cesser cette barbarie, qui n'était pas nouvelle, mais avait dégénéré en guerre civile. Elles étaient coupables d'avoir été indifférentes au monde et elles payaient le prix du sang versé.

Bien avant le meurtre, quand Julius avait commencé à délaisser sa vie de berger dans les Agriates, il voyait Pierre presque tous les soirs. C'est lui qui lui avait présenté les sœurs Montadori. Ce qui avait frappé Julius, de prime abord, était qu'elles ne se ressemblaient en rien : l'une était aussi brune que l'autre était rousse. Marie lui avait plu, mais il avait trouvé Francesca prétentieuse. Pierre lui avait dit qu'il fallait la connaître : « Ce n'est pas une fille ordinaire. »

Ils s'étaient revus souvent. Pierre était sorti avec Francesca, et lui avec Marie. Pendant près de deux ans, ils ne s'étaient pas quittés, mais après qu'il eut embrassé Francesca à la plage, les choses avaient changé. Durant tout l'été, Julius avait évité qu'ils se retrouvent tous ensemble. Il s'était décidé à leur montrer la grotte sur l'insistance de Pierre, qui ne comprenait pas qu'il se défile ainsi, et commençait à en prendre ombrage.

Julius l'évitait. Pierre crut qu'il avait renoncé à l'action et n'osait pas le lui dire, mais un soir, Julius était venu : il avait exposé son plan. Il fallait choisir une cible symbolique ; Julius avait recruté deux hommes dont il était sûr. Pierre avait été rasséréné. Il était obsédé par la cause qu'il défendait, le reste lui importait peu. Parfois, il sombrait dans de profondes rêveries : il se voyait à la tête d'une armée d'hommes purs et dévoués, vivant dans la clandestinité, n'en sortant que pour faire des coups de main audacieux, comme celui qu'il préparait avec Julius, continuant ainsi, jusqu'à la prise de pouvoir. Il s'imaginait alors implacable avec ses ennemis d'hier. Il notait sur un petit carnet noir, qu'on retrouva lors de la perquisition dans ses papiers, une liste de noms. Deux ou trois de ces noms étaient soulignés à l'encre rouge : condamnés à mort.

Ces pensées prenaient le pas sur la réalité. Il lui arrivait de plus en plus souvent de s'isoler pour les savourer en toute quiétude, mais rien, dans son esprit, ne se ferait sans Julius. Il l'aimait comme un autre lui-même, depuis toujours.

Il n'en allait pas de même pour Julius, non qu'il n'aimât pas Pierre, mais il lui arrivait de douter des choix de son ami. Par fierté, jamais, cependant, il n'aurait refusé de le suivre. Il aurait eu honte de passer pour un lâche. Pour rien au monde, il n'aurait voulu perdre l'admiration de Pierre. Aussi voulait-il faire la preuve de son courage pour lui montrer qu'il avait eu raison de lui faire confiance.

Ce matin-là, à la bergerie, Julius leur servit du café. Francesca avait froid ; elle s'était blottie contre Pierre. Julius lui avait donné une couverture. Ils avaient attendu l'arrivée de Giovanni, et ils étaient partis. Il y avait une heure de marche de la bergerie à la « grotte de Julius », comme ils l'avaient surnommée. Elle se trouvait non loin d'Ifana, ce pailler construit trois ou quatre cents ans auparavant par les Génois pour accueillir et abriter leurs compatriotes qui venaient travailler dans le désert, et dont l'immense citerne de réserve d'eau avait toujours fasciné Francesca. Julius avait dit qu'elle pouvait irriguer une bonne partie de ce côté-là du désert des Agriates, qui était alors planté de blé. Les paillers abandonnés étaient les derniers vestiges de cette vie pastorale que Julius rêvait de reconstruire. Lui aussi n'est plus qu'un témoin de cette vie perdue, avait pensé Francesca.

Plusieurs chemins pouvaient conduire à la grotte. Depuis quatre ans qu'il faisait le berger, jamais Julius n'en avait soupçonné l'existence. Personne ne lui en avait parlé.

Un arbre abattu en cachait en partie l'entrée. On ne voyait qu'une faille dans le rocher ; il fallait écarter les branches et veiller à ne pas les briser. Julius avait regardé dans ce qu'il avait d'abord pris pour une anfractuosité pour voir si la chèvre ne s'y était pas engouffrée. La faille était beaucoup plus large qu'il n'y paraissait. C'était une sorte d'entonnoir qui s'élargissait vers l'intérieur et permettait à un homme de passer aisément.

La grotte était large et haute. Une ouverture dans le rocher laissait passer la lumière. C'était la seule chose qui les avait surpris, ce grand espace si clair. Cependant, Julius dit que la lumière ne durait pas. L'après-midi, il y faisait presque noir. C'était à ces heures-là qu'il aimait y venir.

Il y avait aussi — et c'était cela que Julius avait trouvé extraordinaire — un autre trou, situé à hauteur des yeux et placé de telle sorte que, si on s'appuyait contre le rocher, on voyait la mer. De l'extérieur, la mer n'était qu'un point bleu, assez lointain, enserré entre deux montagnes, mais par le trou du rocher, plus rien n'existait que cette tache bleue.

« On est dedans », avait dit Julius.

Marie et Pierre avaient été assez déçus — bien qu'ils n'aient rien dit à Julius ; ils n'avaient pas compris son engouement. La vue de la mer n'évoquait rien pour eux, sinon une nostalgie des jeux de l'enfance qui les agaçait. Marie faillit avoir un malaise. Elle respirait mal dans cet endroit confiné. Julius se reprocha de l'avoir emmenée. Ils ne restèrent pas longtemps.

Quand ils étaient sortis, la lumière du soleil les avait éblouis et Francesca avait compris que c'était l'ombre, le silence et la paix qu'avait trouvés Julius.

Ils avaient décidé de pousser jusqu'à Cima di u Pesu pour déjeuner. Il était presque midi quand ils arrivèrent. Une source jaillissait du rocher. Francesca voulut boire. Julius le lui défendit.

« L'eau de la source est glacée, dit-il. Il faut attendre de ne plus être en sueur, sinon tu risques la congestion. Ceux de la ville, comme toi, se précipitent toujours ; ils n'ont pas de patience. J'en ai vu certains arriver à la bergerie, malades comme des chiens. Ils n'y connaissent rien, les gens, à la montagne.

— Il faudra m'apprendre, dit Francesca en riant.

— Ce serait trop long », avait répondu Julius.

Marie avait souri et Francesca avait pris la main de Pierre. Julius avait tourné la tête.

Marie et Francesca avaient disposé une nappe, des couvertures, ouvert les sacs et sorti les victuailles. Ils avaient mangé et bu. Julius leur avait fait goûter une eau-de-vie, qu'il faisait lui-même, à base d'arbouses. Ils étaient tous un peu ivres. Ils s'étaient allongés sur les couvertures pour se reposer et jouir de la fraîcheur. Julius s'était endormi. Pierre proposa à Francesca de se promener aux alentours. Elle le suivit.

Il faisait chaud. Ils ne marchèrent pas longtemps. Ils s'assirent au pied d'un arbre.

« Qu'as-tu en ce moment ? dit Pierre.

— Rien, voyons... »

Pierre se mit à l'embrasser avec fougue. Francesca lui résista un peu.

« Tu ne m'aimes plus ?

— Mais oui, je t'aime. Embrasse-moi. »

Pierre lui prit la main et ils se cachèrent derrière des fougères. Francesca avait les jambes toutes griffées par les ronces.

Quand ils revinrent, ils virent Julius et Marie qui dormaient côte à côte, comme deux enfants.

Ni Pierre ni Marie n'étaient retournés à la grotte. Seule Francesca y rejoignit Julius quelquefois, l'après-midi. À la bergerie, Giovanni, quand il rencontrait Francesca, feignait le plus souvent de ne pas la voir. En ville, il la saluait d'un bref signe de tête. Francesca ne pouvait croiser son regard sans rougir. Giovanni aussi devait connaître l'existence de la grotte. Francesca pensa même que, peut-être, il les y avait épiés, elle et Julius.

Quelques jours plus tard, Julius avait téléphoné.

« Il y a du vent. La lumière est comme tu veux. Viens. »

Francesca avait pris son Leica et était partie en courant.

« Où vas-tu ? » avait crié Clorinde.

Elle n'avait même pas répondu.

Marie avait la voiture. Francesca était allée place Saint-Nicolas prendre un taxi.

Le vent était très violent, la mer couleur d'encre. Dans le golfe de Saint-Florent, deux ou trois planches à voile faisaient des taches de couleurs vives qui filaient sur l'eau, autrement la mer était vide ; aucun voilier n'était sorti.

Ils mirent presque une heure à arriver à la bergerie. Le chauffeur avait d'abord refusé de prendre la piste qui y conduisait. Les pluies de printemps avaient rendu le chemin presque impraticable. Francesca dut doubler le prix de la course pour le convaincre de l'amener jusqu'au pailler.

Julius l'attendait devant la bergerie. Il fit taire le chien qui aboyait. « Il y a trop de vent, dit Francesca. Je n'aurais pas dû venir. Je ne pourrais rien faire aujourd'hui.

— Viens, dit Julius. Je connais un endroit. »

Ils descendirent jusqu'à la mer. Julius marchait vite. Francesca avait du mal à le suivre. Le vent l'empêchait d'avancer. Julius prit un sentier étroit qui longeait une rivière. Du doigt, il lui montra les oliviers tordus par le vent, les paillers abandonnés, les murs effondrés des jardins en terrasse, dont il ne restait rien. Le maquis et les ronces avaient tout envahi. Les bergers et les chasseurs mettaient souvent le feu, mais Julius n'était pas de ceux-là. Le lieu était désolé et cette ruine était émouvante.

Le chemin débouchait sur la plage, cachée par un étang. L'eau, couleur d'ardoise, était ridée par la bise. Ils s'abritèrent, un peu plus loin, derrière les dunes. À cet endroit, le vent était moins fort. Francesca reprit son souffle. Julius grimpa sur la dune.

« Viens voir », dit-il.

La mer était presque blanche, Francesca leva la tête, des nuages se défaisaient dans le ciel. Des mouettes criaient.

Francesca se mit à plat ventre. Elle chercha une position où le vent ne la gênait pas trop. Julius se tenait à côté d'elle. Il ne bougeait pas. Parfois les rafales de vent étaient si fortes que Francesca devait tourner la tête : l'air lui manquait.

Quand Francesca finissait un film, Julius se mettait devant elle pour couper le vent.

Ils restèrent là plus de deux heures. Francesca était obligée de crier à cause du vent qui emportait les mots. « Je suis fatiguée. Je ne peux pas continuer. J'ai mal partout », dit-elle.

Ils rentrèrent lentement. Sur le chemin du retour, elle demanda à Julius s'il ne s'était pas ennuyé. Julius n'entendit pas. Il se rapprocha d'elle, la prit par les épaules, la fit répéter.

« Non, dit-il. Je peux rester des heures à ne rien faire, à rêver, à ne penser à rien. Tu me montreras les photos ? » Francesca fit oui de la tête. Julius la serra contre lui, sa main effleura son bras, glissa jusque dans le bas du dos. Francesca sentit la paume de Julius qui appuyait sur ses reins, comme le soir de la Saint-Jean ; elle regarda Julius ; il s'écarta d'elle et passa devant.

Arrivés à la bergerie, Julius fit entrer Francesca et ferma la porte. Ils avaient encore le bourdonnement de la mer dans les oreilles, le cri des oiseaux, le sifflement du vent. Le silence leur fit du bien. Francesca prit la tasse de café que lui tendait Julius et lui fut reconnaissante de s'occuper d'elle — il avait installé des coussins derrière son dos pour qu'elle puisse s'appuyer contre le mur ; elle était épuisée.

Elle regarda autour d'elle et fut étonnée de l'ordre qui régnait dans la remise et du souci de confort de Julius. Il avait un lit pliant, des couvertures, des oreillers, un réchaud. Elle ne s'attendait pas à une telle minutie de la part d'un homme comme lui.

Julius lui enleva la tasse des mains et s'assit à côté d'elle. Il lui prit la main et la garda longtemps dans la sienne. Il la mit contre sa joue. Francesca n'osait pas esquisser le moindre geste. Elle regardait droit devant elle. Elle avait la gorge nouée. Julius se leva.

« Il est temps de partir. Je te ramène. »

Il laissa Francesca aux abords de la ville. Il était près de neuf heures quand Francesca rentra chez elle. Clorinde était partie. Pierre avait téléphoné qu'il ne pouvait pas venir. Marie dînait dehors. Mathilde demanda à Francesca où elle avait passé l'après-midi.

« À la plage. Je suis revenue à pied.

— Tu étais seule ?

— Oui. »

Sa mère ne posa pas d'autres questions et monta se coucher. Francesca alla s'enfermer dans la chambre noire.

Au matin, Clorinde vit la lumière rouge, elle tapa à la porte. Francesca mit du temps à ouvrir.

« J'ai travaillé toute la nuit. Je me suis endormie », dit-elle.

Clorinde entra dans la pièce. L'odeur des produits la prit à la gorge. Elle leva la tête et vit sur le fil, accrochées avec des pinces, les photographies.

Le lendemain, Francesca avait appelé Julius.

« Tu es seul ? Oui ? Je viens. »

Un après-midi, Julius lui avait téléphoné à l'improviste : il avait pu se libérer, il voulait la voir tout de suite. Il lui donna rendez-vous dans un petit hôtel, un peu retiré, sur la route de Bastia.

Julius ne voulait pas qu'ils soient vus ensemble. Francesca comprenait sa prudence, mais avait du mal à cacher combien toutes ces inquiétudes et ces précautions l'agaçaient : elle y voyait un signe de la faiblesse de leur amour.

La première fois, Francesca s'était trompée de route ; elle s'était retrouvée dans une impasse. Julius se moquait de son manque de sens de l'orientation. Elle dut demander son chemin ; l'hôtel était à peine à cinq cents mètres de là.

La façade était d'un bleu passé ; sur le mur fissuré, dont le crépi se détachait, la couleur faisait des taches plus claires ; par endroits, le mur était à nu. L'enseigne au néon « Chez Tony », où deux lettres manquaient, clignotait sans cesse. Il y avait un petit jardin mal entretenu, clôturé par des haies desséchées.

Francesca avait failli faire demi-tour. Elle n'était jamais allée dans un hôtel de ce genre. Elle ne savait même pas comment s'y prendre pour traverser le hall d'entrée, échapper au regard narquois du réceptionniste — si c'était une femme, ce serait encore pire —, et se rendre à la chambre 17, comme Julius le lui avait indiqué.

Francesca regarda encore l'hôtel, et puis la peur de perdre Julius fut plus forte que la peur d'y entrer : le cœur battant, elle prit la petite allée, poussa la porte vitrée qui donnait sur un couloir étroit.

Il n'y avait personne derrière le comptoir. Francesca regarda autour d'elle, grimpa quatre à quatre les marches de l'escalier en colimaçon, chercha le numéro de la chambre. Elle se sentait coupable comme une voleuse et elle avait peur.

La porte de la chambre était entrouverte. Francesca entra. Il faisait sombre.

« Qu'est-ce que tu faisais ? Voilà une heure que je t'attends », dit Julius.

Francesca avait la gorge nouée. Ils étaient l'un en face de l'autre.

« Déshabille-toi », dit Julius.

Francesca fit non de la tête. Il s'approcha d'elle, commença à lui embrasser le visage, le cou, les cheveux. Francesca essaya de se dégager, mais Julius était plus fort et elle céda. Francesca ôta ses vêtements, aida Julius à défaire les boutons de la jupe. Elle sentait le souffle rapide de Julius dans son cou. Il l'embrassa sur la bouche. Francesca prit le visage de Julius entre ses mains ; Julius avait les larmes aux yeux. Il enfouit son visage dans son cou et ils restèrent un moment immobiles.

Julius s'était tourné vers le mur. Francesca alluma une cigarette. Julius lui dit de partir. Francesca se mit en colère.

« Tu as honte ? C'est trop tard maintenant.

— Va-t'en ! » avait crié Julius.

Il était livide. Il s'était levé d'un bond, avait ramassé les affaires de Francesca, son sac, et les avait jetés dans le couloir, il avait saisi Francesca par le bras et l'avait poussée dehors. « Va-t'en ! »

Francesca ne se souvenait plus comment elle était rentrée chez elle. Quand Clorinde lui avait ouvert la porte, elle lui avait dit : « Monte dans ta chambre. Personne ne doit te voir ainsi. »

Ils s'étaient revus encore quelquefois « Chez Tony » et puis Julius avait dit à Francesca : « Je préfère te perdre que de te voir ainsi ; honteuse et lâche. Nous ne nous verrons plus.

— Oui, dit-elle, tu as raison. »

Et sa voix était si calme, et elle-même si résolue qu'elle ne se reconnaissait pas : il lui semblait entendre parler quelqu'un d'autre.

« D'ailleurs, continua Francesca, je crois que Marie commence à avoir des soupçons. Elle ne comprend pas pourquoi j'ai si souvent besoin de la voiture. Arrange-toi pour qu'on se voit moins souvent tous les quatre. Remarque, je ne vois presque plus Pierre. Son travail passe avant moi.

— Pierre te trompe. Il me l'a dit. »

Francesca crut qu'elle allait défaillir. Elle avait pâli. Elle dut s'asseoir. Julius lui apporta un verre d'eau.

« Quittons-nous maintenant, cela vaut mieux », dit-il, et il était parti sans attendre.

Francesca était restée un moment allongée sur le lit. Elle comprenait maintenant les retards et les absences de Pierre, son manque d'empressement auprès d'elle. Il la trompait ! Et alors qu'elle ne s'en était jamais inquiétée, qu'elle s'arrangeait même quelquefois pour qu'il ne vienne pas, échafaudait des plans pour rejoindre Julius, elle était jalouse ! Elle se le reprocha aussitôt : cette histoire avait attisé sa curiosité, mais elle n'aimait pas Pierre. Maintenant, elle n'avait plus besoin de rien dire, d'expliquer quoi que ce soit. Pierre la quitterait ou reviendrait vers elle s'il se lassait de sa nouvelle conquête. Ce ne devait pas être la première fois, mais cette fois-ci elle le quitterait. Elle n'avait plus besoin de faire semblant.

Elle ne pensait pas à Julius. D'ailleurs, Julius ne vivrait jamais avec elle. Il le lui avait dit. Il voulait épouser Marie, avoir des enfants, être tranquille et avec elle, Francesca, il ne le serait jamais, voilà ce qu'il avait dit. Non, Francesca serait libre. Elle avait rompu avec Julius ; Pierre la trompait : ils étaient quittes. Elle était enfin libérée de tous ces mensonges. Elle ferma les yeux et s'assoupit. Quand elle s'éveilla, seule la lumière rougeâtre de l'enseigne éclairait la chambre.

Elle sortit de l'hôtel ; il faisait nuit noire. Elle mit le moteur de la voiture en marche, alluma la radio et roula vers la mer. Elle ne s'était jamais sentie aussi libre. C'était fini.

Le lendemain matin, Julius attendait Clorinde devant la maison Montadori.

« Francesca est là ?

— Francesca ? Oui, dit Clorinde dans un souffle. Va à la cuisine. N'en bouge pas. Je la préviens. »

Clorinde n'avait même pas pris le temps de poser son sac, d'enlever son foulard. Elle était montée en courant dans la chambre de Francesca. Elle l'avait secouée.

« Réveille-toi ! Dépêche-toi ! Julius est en bas. »

Francesca s'était levée d'un bond.

« Je ne veux pas le voir !

— Parle bas, je t'en prie, Francesca ! Ne complique pas les choses. Va le lui dire toi-même. Ne vous disputez pas. Pas de bruit surtout ! Je m'occupe de ta mère et de Marie. »

Francesca s'était rincé le visage, avait passé une robe et elle était descendue en hâte. Elle n'avait même pas pris le temps de se chausser : elle était pieds nus.

« Qu'est-ce que tu fais là ? Tu es fou de venir ici ! »

Julius ne lui avait pas laissé le temps de continuer. Il s'était avancé vers elle, l'avait serrée contre lui et l'avait embrassée. Francesca était nue sous sa robe. Elle lui prit la main et l'emmena dans la remise.

Ils étaient l'un contre l'autre. Francesca ôta sa robe. Julius mouilla son doigt de salive, le posa sur le front de Francesca, le fit glisser jusqu'au nombril, entrouvrit la chair tendre et humide.

Francesca, le corps tendu, commença à bouger lentement ; elle s'appuyait de tout son poids sur la main de Julius. Elle ouvrit les jambes avec lenteur, prit appui contre la vieille armoire, mit un pied contre le mur. Julius la saisit par les hanches, lui lécha le ventre, les seins. Francesca la tête renversée, la bouche entrouverte, s'abandonnait.

Julius mit ses doigts dans sa bouche, les fit sucer à Francesca puis il l'embrassa, remonta doucement vers elle et la prit. Francesca était secouée de brefs tressaillements. Elle tendit le bras, étreignit la nuque de Julius. Julius posa le front contre son épaule. Dans le silence, il y avait un bruit de baiser et d'eau. Francesca étouffa un cri ; s'effondra. Julius la retint par la taille.

« Tu ne me quitteras pas ?

— Non. »

Marie venait de se lever. Elle était à la fenêtre. Sa chambre donnait sur le jardin. Elle vit Julius sortir. Elle appela Clorinde. Elle eut juste le temps d'ouvrir la porte, les yeux exorbités, la bouche ouverte : elle suffoquait. Clorinde la soutint, la fit asseoir et lui donna aussitôt son médicament. Marie reprit peu à peu son souffle. Elle s'endormit. Il était midi passé quand elle ouvrit les yeux. Clorinde était près d'elle.

« Que faisait Julius ici, ce matin ?

— Julius ? Tu n'auras pas été bien réveillée. C'était Joseph. Il m'a accompagnée avant d'aller travailler. Que veux-tu que Julius vienne faire ici d'aussi bonne heure ?

— Où est Francesca ?

— Elle dort encore.

— Appelle-la. Fais-la venir. »

Clorinde avertit Francesca : « Fais attention. Elle a vu Julius ce matin. »

Quand Francesca entra dans la pièce, Marie crut vraiment qu'elle s'était trompée. C'était bien Joseph et non Julius qu'elle avait vu dans le jardin. Ils avaient la même corpulence, la même taille : elle avait pu les confondre.

Francesca, en effet, n'était pas coiffée, elle avait les yeux encore gonflés de sommeil. Elle n'arrivait même pas à parler. Marie ne lui demanda rien et Francesca se pelotonna contre elle.

« Ça va mieux, petite sœur ?

— Oui, c'est fini maintenant. »

Marie avait téléphoné à Julius. Elle n'irait pas travailler. Ils passeraient l'après-midi ensemble, tous les deux. Cela faisait longtemps qu'elle en avait envie. Julius accepta d'enthousiasme. À la fin de la conversation, cependant, Marie n'avait pu s'empêcher de l'interroger.

« Où étais-tu ce matin ?

— Ici. Pourquoi ?

— J'ai cru t'apercevoir dans le jardin. »

Marie sentit l'agacement de Julius. Il claqua la langue.

« Bon. À deux heures ? devant chez toi ?

— Oui. À deux heures », avait répondu Marie et elle avait raccroché.

Elle avait tout de suite regretté sa franchise. Julius serait de mauvaise humeur. Peut-être même ne viendrait-il pas ? Elle l'attendit avec impatience. De la fenêtre du salon, elle guettait sa voiture. Quand elle le vit tourner au coin de la rue, elle se précipita à sa rencontre.

Julius sortit de la voiture, lui ouvrit la portière.

« J'ai loué un bateau. Cet après-midi, je t'emmène sur une île déserte. » Marie se mit à rire.

Quand elle rentra, le soir, Marie était radieuse. Jamais elle n'avait été aussi belle.

« J'ai l'impression de me voir à ton âge ! dit Mathilde. Francesca n'a rien pris de moi. C'est une Montadori. Où êtes-vous donc allés avec Julius ?

— C'est un secret, maman, répondit Marie en souriant. Où est Francesca ?

— Elle est partie au village, avec Clorinde. Elle revient demain ou après-demain. Elle ne sait pas ! À croire que Clorinde et Joseph sont sa vraie famille ! Elle finira peut-être par l'épouser, celui-là ! Venant de ta sœur, je ne serais étonnée de rien ! D'ailleurs, Pierre, entre ses voyages et son travail, voilà quinze jours qu'il a disparu.

— Mais non, dit Marie. Tu exagères ! D'ailleurs, Francesca ne pourrait pas supporter un homme jaloux. Elle aime trop son indépendance. Aller et venir à sa guise. Pierre l'a compris. Julius n'est pas comme ça ; il est possessif. Il aime que les choses et même les gens lui appartiennent. D'ailleurs... Mais jure-moi de ne pas le répéter ! On ne veut le dire encore à personne, mais aujourd'hui, il m'a demandée en mariage. »

À peine Francesca eut-elle franchi le seuil de la maison, Mathilde lui révéla, sous le sceau du secret, que Marie allait épouser Julius. À son grand étonnement, Francesca ne broncha pas. Elle ne laissa pas paraître le moindre trouble. Elle annonça à Mathilde qu'elle passerait encore quelques jours chez Clorinde, prit des vêtements de rechange et repartit aussitôt.

À plusieurs reprises, Francesca avait emprunté sa voiture à Marie. Elle faisait des photos, s'était mis en tête de faire une exposition, elle avait même laissé entendre qu'un galeriste était intéressé par son travail. Il connaissait des gens à Paris. Il lui avait proposé de les lui présenter. Ils avaient échangé leur adresse, leur téléphone, à tout hasard.

C'est durant cette période-là que Marie commença à surveiller Francesca. Elle quittait souvent son travail ; passait son temps à épier sa sœur. Elle finit par appeler Pierre pour lui dire ce qu'elle avait découvert. Il ne la crut pas. Marie insista. Un après-midi, Pierre accepta d'accompagner Marie pour qu'elle cesse de l'importuner.

Francesca avait pris la voiture. Ils l'avaient suivie. Elle s'était rendue dans un petit hôtel minable en dehors de la ville. Ils avaient reconnu la voiture de Julius, mais cela n'avait pas suffi à Marie. Ils avaient encore dû attendre que Julius sortît de l'hôtel avec Francesca. Pierre était excédé. Il avait hâte de partir. Il ne supportait pas d'avoir à se cacher comme un voleur.

« Ça me dégoûte ce qu'on fait là, dit Pierre. Continue, si ça te chante. Pour moi, je ne vais pas passer mon temps à les suivre. Au vrai, je m'en fiche, si tu veux le savoir. Ne compte pas sur moi pour régler cette histoire. »

Le soir même, Pierre vit Francesca. Il ne lui dit rien. Ils se voyaient peu. Il n'avait pas envie de gâcher sa soirée. Francesca avait toujours fait ce qu'elle avait voulu. Pierre savait qu'elle le trompait. Les choses n'étaient pas si graves. Il avait d'autres préoccupations plus importantes : les armes n'étaient pas arrivées ; il faudrait trouver un autre moyen pour s'en procurer. C'est à ce moment-là qu'avait germé dans son esprit l'idée d'attaquer la gendarmerie de Bastia. Il connaissait bien les lieux ; il en avait les plans. Trois hommes suffiraient pour l'opération. Il en parlerait à Julius. Ce n'était pas le moment de remettre tout en cause avec cette histoire de Francesca.

Marie avait rendez-vous avec Julius. Il passa la prendre à la maison. Il était très gai. Il l'embrassa. Elle se laissa faire, mais elle n'arrivait pas à le regarder dans les yeux. Chaque fois qu'elle croisait son regard, elle baissait la tête. Julius l'emmena dans un petit restaurant sur le port. Il commanda du poisson. Marie ne toucha presque pas au plat. Elle regardait Julius manger avec appétit, manier le couteau et la fourchette, piquer dans son assiette, il la grondait parce qu'elle ne mangeait rien. Attendre la fin du repas fut un supplice.

Comment ont-ils pu ? pensait-elle.

Julius effleura sa main. Marie se dégagea.

« Qu'as-tu ? dit-il.

— Rien, je suis un peu fatiguée. La chaleur. Excuse-moi. »

Quand elle fut rentrée, Marie se demanda comment elle avait pu supporter sa présence. Il avait parlé de tout et de rien. Il avait l'air heureux. Il était beau, bronzé par le soleil. Le bleu de ses yeux paraissait encore plus pâle.

Le lendemain, Pierre l'appela au bureau. Il lui dit que cela lui était égal. Lui aussi trompait Francesca. Julius le savait. Entre Francesca et lui, il y avait un moment que ça n'allait plus. Il en avait assez de tous ces mensonges. L'amitié de Julius lui était plus précieuse que la reconquête de Francesca. D'ailleurs, il n'avait ni le goût ni l'envie de l'entreprendre. Au fond, cela tombait bien. Il proposa à Marie de l'emmener déjeuner le lendemain. Ils pourraient en parler plus longuement. Marie refusa. Elle raccrocha. Jamais elle ne s'était sentie aussi seule.

Le soir même, elle vit Julius. Il lui demanda de fixer une date pour leur mariage. Marie éclata en sanglots.

« Tu me trompes avec Francesca. »

Julius blêmit.

« Qui te l'a dit ?

— Je vous ai vus sortir de l'hôtel. »

Julius — et c'est cela qui surprit Marie et sans doute la convainquit tout de suite de la sincérité de son amour — ne chercha pas à nier. Il se prit le visage dans les mains ; il pleurait comme un enfant. Julius lui demandait pardon et Marie était debout devant lui, les bras ballants, ne sachant que faire.

« Ramène-moi, s'il te plaît. Ne nous voyons plus quelques jours. Laisse-moi le temps de réfléchir. »

Julius appela Francesca pour lui dire qu'ils devaient cesser de se voir quelque temps. Un soir, Pierre lui avait tout révélé. Francesca sentit le sang quitter son visage. Ainsi, Marie savait tout ! Elle, qui était si jalouse, avait feint l'indifférence. Francesca était consternée ; le désarroi et l'angoisse ne vinrent qu'après.

« On ne connaît jamais les êtres », dit-elle.

Son remords en fut amoindri. Elle trouva de la bassesse dans le silence de sa sœur. Francesca voulut quitter la maison. Clorinde la dissuada de le faire. Julius, quand il voyait Francesca, la saluait à peine. Il venait chaque soir chercher Marie. Pierre était encore parti en voyage d'affaires. Francesca ne se faisait aucune illusion sur le motif, ce en quoi elle se trompait.

Mathilde ne disait rien. Marie ne changea pas d'attitude envers sa sœur. Francesca eût préféré qu'elle lui fasse une scène. Le mépris où elle la tenait l'humiliait. Elle commença à les haïr, elle et Julius.

Francesca passait ses journées avec Clorinde ou à la plage. Le soir, quand elle ne tirait pas ses photos, elle sortait, allait danser, buvait beaucoup, rentrait au petit matin. Parfois, elle croisait Julius et Marie, qui étaient assis dans le jardin. Sans se retourner, Francesca les saluait d'un petit geste de la main. Elle savait qu'ils la jugeaient mal, mais elle sentait aussi que, d'une certaine manière, ils enviaient sa liberté.

Un matin, Julius l'appela au téléphone. Il était dans le désert. « Viens. Nous parlerons », dit-il.

Francesca avait pris un taxi. Elle n'était restée que quelques instants à la bergerie. Ils étaient face à face. Ils n'avaient rien trouvé à se dire. Le taxi attendait. Francesca précipita les choses. Avant de partir, Julius lui serra la main. Francesca partit sans un mot.

Peu de temps après, Francesca se fiança à Pierre. Ils rompraient leurs fiançailles après le mariage de Julius et de Marie. Il fallait faire taire les ragots. On prêtait à Francesca de nombreuses aventures et Pierre ne pourrait plus très longtemps faire semblant de tout ignorer. Il avait demandé à Francesca un peu plus de discrétion. À lui, pour cela, on pouvait se fier, dit Francesca en riant, il avait l'habitude.

Ils avaient fêté leurs fiançailles dans la famille de Pierre. Julius et Marie étaient présents. Ils les félicitèrent. Francesca annonça qu'elle serait photographe. Le galeriste avait envoyé des épreuves à une agence. Contre toute attente, ses photos avaient plu. On lui proposait de partir à Naples quinze jours, faire un reportage sur Pompéi.

Tout en parlant, Francesca regardait Julius. Il sourit en faisant la moue. Pierre tenait Francesca par les épaules. Marie lui demanda quelle était cette agence.

« Je t'en ai déjà parlé, mais tu ne me prends pas au sérieux ; tu ne m'écoutes pas.

— Je ne vois pas l'intérêt de faire un reportage sur Pompéi. On en a vu mille.

— On n'invente rien, je sais. En tout cas, je serai partie en voyage, c'est mieux que de s'ennuyer ici, non ?

— Qui parle de s'ennuyer ? répliqua Marie.

— Il n'est qu'à vous voir », dit Francesca, et elle s'était éloignée pour saluer un groupe de gens qui arrivaient, sans donner à Marie le temps de répondre.

« Et toi, dit Julius à Pierre, tu la laisses partir ?

— Et volontiers encore ! Je sais : tu ne l'aurais pas fait à ma place, mais tu n'y es pas. Remarque, ajouta Pierre en riant, je ne suis pas sûr que tu ne le regrettes pas ! »

Marie était mortifiée. Elle demanda à Julius de la raccompagner.

« Vous partez déjà ? dit Francesca. Décidément, vous ne savez pas vous amuser. »

Francesca partit pour Naples. À l'automne, son reportage fut publié dans un magazine féminin.

Pierre organisa une fête en son honneur. Julius et Marie y furent conviés. Francesca parlait avec volubilité de son voyage, ne se lassait pas de le raconter. Elle avait accroché ses photographies aux murs du salon. Elles furent beaucoup louées. On voulut même lui en acheter, mais Francesca refusa.

« Toutes ces rues vides, quelle désolation ! avait dit Marie.

— Les rues ne sont pas vides. Regarde. Ne vois-tu pas les ombres des gens qui marchent ? Et cet enfant qui court, en ouvrant les bras, il s'amuse à faire l'avion dans l'amphithéâtre. Moi, j'ai trouvé tout cela très gai, très vivant. Et les jardins, le silence, le ciel vide, une lumière ! Je n'ai pas fait une seule photo en intérieur. Tout sous le soleil, très tôt le matin, jusqu'à midi.

— Tôt le matin ? Cela ne te ressemble pas.

— Je ne me couchais pas. »

Julius ne dit rien. Il s'approcha de Francesca.

« Alors, ça te plaît ? lui dit-elle.

— Avec qui étais-tu à Naples ?

— Qu'est-ce que ça peut te faire ?

— Rien. Mais je n'aime pas ces photographies. Je préfère celles du désert.

— Pas moi.

— Quel besoin as-tu de chercher ailleurs ce que tu as sous les yeux ?

— Et toi ? » dit Francesca, et elle lui tourna le dos.

Après ses fiançailles avec Pierre, Francesca ne vit plus Julius. Il semblait s'être réconcilié avec

Marie. Francesca reprit ses cours de droit. Quand l'agence lui demanda de partir pour la Grèce, Francesca accepta. Cette fois, Pierre s'y opposa. On était au mois de février. Elle devait passer ses examens. Il traversait une période difficile. Il dit qu'il avait besoin d'elle

## IV

Ce fut quelques jours plus tard que le meurtre fut commis. Francesca condamna cet acte sans appel. Rien, dit-elle, ne le justifiait. Pierre et Julius en convinrent.

Au dire de certains, l'homme avait fait état des menaces dont il était l'objet. Il aurait dit que cela faisait partie du « jeu ». Sa femme était à bout de nerfs ; elle voulait quitter l'île. Lui ne voulait pas céder au chantage. « Montrer que l'on n'a pas peur aide à vaincre sa propre peur », disait-il à un ami, quelques jours avant sa mort. Mais tout laisse à penser qu'il n'avait jamais vraiment pris ces menaces au sérieux. Il se promenait seul, avait ses habitudes au Café des Platanes, place Saint-Nicolas. C'est là qu'il avait noué des amitiés, s'était fait présenter des gens utiles, qu'il invitait à déjeuner dans les meilleurs restaurants de la ville. Il avait aussi organisé, dans la villa qu'il avait louée au-dessus de Bastia, de grands dîners où tout ce qui comptait du monde de la politique et des affaires était convié. On l'appréciait pour ses manières de grand seigneur. Il avait quelques amis dont il se vantait qu'ils étaient « sa garde rapprochée ». Ils ne plaisaient pas à sa femme. D'ailleurs, elle n'aimait rien de ce pays. Elle vivait dans la peur. On avait entendu son mari lui en faire le reproche devant ses amis...

Quelques semaines avant l'assassinat, Francesca avait surpris une conversation entre Pierre et Julius.

« C'est notre adversaire le plus coriace, avait dit Pierre. Il faut le faire partir.

— Ce ne sera pas facile. Il a des appuis en haut lieu.

— Il y a des moyens de lui faire comprendre qu'il est de trop...

— Oui, mais s'il ne cède pas ?

— Alors... »

Pierre, à la vue de Francesca, s'était interrompu. Elle avait haussé les épaules.

Que l'homme ait été de « trop » — encore qu'elle eût alors ignoré si c'était bien celui dont parlaient Pierre et Julius —, ce n'était pas une raison pour l'abattre sauvagement, au coin d'une rue. Francesca pensait, comme Joseph, que les deux amis se montaient la tête.

Le lendemain même du meurtre, Julius et Pierre dînèrent à la maison Montadori. Ils suivirent avec Francesca le journal télévisé. Ils virent le drap sur le cadavre et la flaque de sang noir autour ; Francesca avait détourné la tête.

Deux jours après, ils virent l'enterrement.

Au cimetière, la femme se tenait debout près du cercueil. On aurait dit qu'elle allait défaillir sous le poids de la douleur, elle avait un regard empli d'effroi et d'angoisse. Sa petite fille avait les yeux et les lèvres gonflés par les pleurs.

« Ils sont si jeunes. Quelle horreur ! » dit Francesca.

Julius et Pierre n'avaient rien dit.

À l'enterrement, la foule applaudit au passage du cortège. Alors la femme cacha son visage dans ses mains. L'image était si furtive qu'ils l'avaient passée au ralenti, comme pour qu'on jouisse du spectacle, mais personne n'avait joui du spectacle et mieux aurait valu ne rien voir du tout.

L'enquête n'apporta aucune lumière sur les faits. Plusieurs mois s'écoulèrent. Jamais Francesca n'avait soupçonné que Julius et Pierre aient pu être mêlés à l'affaire. Mais, un jour, la police les interrogea. Francesca pensa que c'était à cause de leur passé ; des paroles imprudentes qu'elle-même avait entendues et qu'ils avaient peut-être laissé échapper au café ; du mouvement dissident qu'ils tentaient de faire vivre, sans grand succès. D'ailleurs, on les relâcha très vite. C'est à cette époque-là que Francesca recommença à revoir Julius. Dès qu'elle pouvait, elle le retrouvait dans le désert.

La vie reprit son cours. Puis les choses se précipitèrent. Pierre fut arrêté le premier. Julius disparut. Il avait fui tout de suite après la nouvelle de l'arrestation de Pierre. Il avait profité de la confusion qui avait suivi pour se sauver dans les montagnes. Il n'avait prévenu personne.

Son frère et ses parents furent arrêtés pour être entendus comme témoins et persuader Julius de se rendre. Cela n'eut aucun effet. Julius ne sut même pas que sa mère avait lancé un appel à la télévision et dans les journaux pour qu'il se rende à la police et, de toute façon, il n'aurait eu que mépris pour ce qu'il aurait considéré comme une trahison.

Beaucoup de ses amis furent inquiétés, certains envoyés à Paris, sauf Joseph, qu'on avait pris et relâché quelques heures plus tard. Il avait un alibi. Des témoins l'avaient vu. Il avait passé sa soirée au bar du village. Il ne pouvait pas être sur les lieux du crime. Personne n'avait vu la voiture de Pierre arriver vers minuit chez Joseph et en repartir avant l'aube. Si on l'avait vue, on n'en aurait rien dit. Si la police pensait que Joseph était innocent, ce n'était pas à nous autres de l'accuser.

La première nuit, Julius attendit sur les hauteurs. De là, il pouvait surveiller la bergerie. La veille, il avait donné rendez-vous à Giovanni ; il voulait le voir seul à la « fontaine creuse ». On l'appelait ainsi parce que la source qui jaillissait du rocher s'était tarie et plus personne ne s'y rendait, au contraire de la « fontaine vive », qui était sur l'autre versant et où l'on se réunissait le soir pour faire boire les bêtes.

Julius voulait prévenir Giovanni de ne pas monter à la bergerie le lendemain. Giovanni ne posa aucune question, mais avant de le quitter, il dit à Julius : « Ça y est. Ils ne vont plus te lâcher. »

Les deux hommes se regardèrent un instant. Giovanni tendit la main à Julius, lui donna l'accolade et partit sans se retourner. Julius se mit en route aussitôt. Il ne prit pas le chemin habituel. Il gravit la montagne par des petits sentiers qui n'étaient plus pratiqués depuis longtemps et qu'il était encore l'un des rares à connaître.

Un peu avant l'aube, il redescendit jusqu'à la

bergerie. À son approche, les chèvres enfermées dans l'enclos avaient bougé, le chien Nestor aboya, Julius lui ordonna aussitôt de se taire. Le chien se coucha le museau entre les pattes ; il gémissait. Julius jura et Nestor se tut. Julius attendit un instant que tout retombe dans le silence. Le vent remuait les frondaisons. Julius crut entendre une branche craquer. Il se cacha derrière un rocher. Il ferma les yeux, chercha à reconnaître tous les bruits familiers : le vent, le piétinement des bêtes, le chant des oiseaux. Il avait peur. Il appela le chien. Nestor accourut. La peur lui avait enlevé sa lucidité : le chien l'aurait prévenu du moindre péril et il l'avait oublié. Son père avait raison : la peur enlève le peu de bon sens à un homme.

Julius entra dans la petite cahute où étaient entreposées ses affaires et celles de Giovanni. Il restait du café. Il le réchauffa sur la petite cantine à gaz. Il l'aimait brûlant et amer. Il sortit sur le pas de la porte pour le boire.

Il faisait déjà chaud ; c'était presque l'été. Julius regarda la vallée et la brume au loin qui surplombait la mer. Il respira un grand coup, alluma une cigarette, en tira une bouffée et s'assit sur une grosse pierre plate. Nestor vint jouer entre ses jambes. Julius regarda son chien, il le caressa, lui flatta l'échine, l'amena contre lui. Le chien mit sa gueule dans son cou ; Julius sentit la tiédeur de son haleine, sa langue râpeuse qui lui léchait les oreilles. Il le repoussa.

Rien n'était différent du commencement d'une journée ordinaire. Il faisait les gestes qu'il faisait chaque jour à son arrivée à la bergerie et retrouvait le plaisir qu'il avait chaque matin à être dans cette solitude et ce silence. Il arrivait toujours le premier. Giovanni ne venait qu'à six heures. Julius regarda le ciel. Il était temps de partir. Il enferma Nestor dans l'enclos. Le chien tourna un moment, pris d'impatience, il voulut sauter la barrière pour rejoindre son maître, mais Julius claqua dans ses doigts et lui ordonna de se coucher. Le chien obéit.

Julius entra dans la cahute, souleva une couverture sous laquelle était caché un gros sac qu'il avait préparé quelques jours plus tôt, il prit son revolver et son fusil de chasse. Il ne s'attarda pas. Il ordonna une dernière fois à Nestor de rester là et, le sac sur le dos, il s'engagea sur le sentier.

Le soir même, ils arrêtèrent Giovanni, mais Julius l'ignorait. Il était le seul encore en liberté. Un avis de recherche avait été lancé contre lui.

On avait placardé sa photographie partout. Francesca s'était arrêtée devant : Julius lui semblait un étranger. Elle l'avait perdu : l'émotion l'avait fuie. C'est alors qu'elle prit la décision de le rejoindre.

Francesca quitta la maison un peu avant l'aube. Elle n'avait pas dormi. Quand elle sortit dans la rue, il faisait encore nuit noire. Elle avait la voiture de Marie. Elle traversa Saint-Florent désert, prit la route des Agriates et laissa la voiture à l'entrée du chemin de terre. À la bergerie, il n'y avait personne. Francesca regarda alentour ; elle craignait que l'endroit soit surveillé par la police, mais il n'y avait pas âme qui vive. On eût dit que Julius avait été oublié.

Dès qu'elle avait approché de la bergerie, Nestor s'était mis à aboyer. Francesca se fit reconnaître et le chien se tut. Elle ouvrir l'enclos, dispersa les bêtes et regarda la crête bleue des montagnes. La mer était violette. La brume s'était levée. Il allait faire très chaud. Nestor courait après les bêtes affolées pour les rassembler.

Francesca avait peiné pour arriver jusqu'à la grotte. Son sac lui sciait les épaules. Quand elle aperçut l'arbre qui en signalait l'entrée, elle mit ses mains en porte-voix pour appeler Julius. Elle attendit un instant. Pas un bruit ne se fit entendre. Francesca eut peur que Julius soit parti ; elle n'aurait plus su où le retrouver, mais Julius apparut soudain devant elle.

Ils restèrent un moment face à face sans parler. Puis Julius dit : « Tu ne peux pas rester avec moi. Tu dois redescendre. »

Francesca était fatiguée ; elle avait l'esprit vide ; elle ne répondit pas. Elle posa son sac à terre. « Donne-moi à boire, s'il te plaît. »

Julius lui tendit la gourde et Francesca but avec avidité. « Doucement, dit Julius. Viens. Il faut se cacher. »

La grotte, le matin, n'avait pas l'aspect que Francesca lui connaissait. Elle y avait souvent rejoint Julius dans le milieu de l'après-midi. La lumière changeait tout. La grotte semblait plus grande. Les bougies que Julius avait apportées étaient presque toutes consumées. De la cire avait coulé sur la roche. Le sol aussi en était maculé. Julius s'assit dans un coin. Il fumait, tirait de larges bouffées ; la fumée, qu'il recrachait la tête renversée en arrière, sortait par les narines, la bouche. Francesca le regardait.

On dirait un taureau, pensa-t-elle.

Ils s'observaient en silence. Francesca défit son sac, déroula son duvet et s'allongea. Elle était épuisée, mais elle lutta contre le sommeil ; elle avait peur que Julius parte pendant qu'elle dormait.

Elle se redressa, prit la gourde et s'aspergea le visage d'eau.

« Tu ne peux pas rester ici, dit Julius. On se ferait prendre tous les deux.

— Je ne partirai pas, dit Francesca.

— Tu n'auras pas la force de me suivre.

— Je l'aurai.

— Je ne t'aime pas, Francesca.

— Moi non plus, Julius. »

Ils restèrent dans la grotte toute la journée. Le jour avait baissé lentement. Quand il fit nuit noire, Julius alluma une lampe, rangea son sac et se prépara à partir.

« Reste là. Demain matin, tu redescends et on n'en parle plus. »

Francesca fit comme si elle ne l'avait pas entendu.

« Ils ont arrêté Giovanni, dit-elle.

— Giovanni n'y est pour rien. Et Joseph non plus. C'est Pierre qui a monté le coup, et moi, je l'ai suivi. Je ne regrette rien d'ailleurs. Mais je ne suis plus le même. Est-ce que tu peux comprendre cela, Francesca ?

— Oui, je comprends. Moi aussi, j'ai changé.

— Ce n'est pas pareil.

— Écoute, Julius, je ne sais pas combien de temps il nous reste. Allons-y maintenant. »

Francesca était tout près de lui. Dans la pénombre, Julius distinguait à peine ses traits. Il passa la main dans les cheveux de Francesca, sur son visage, ses doigts effleurèrent sa bouche entrouverte. Ils avaient un goût de tabac et de terre. Julius serra Francesca contre lui.

« Mettons-nous en route, dit-il. Nous avons cinq heures de marche avant d'arriver à l'autre planque. Ne perdons pas de temps. Nous devons y être avant l'aube. Si tu lâches, je te préviens, je ne t'attends pas. »

Julius marchait devant elle. La lampe éclairait le sentier étroit qui ne permettait pas de progresser de front. Julius pressait l'allure. Francesca sentait ses jambes raidies par l'effort, les genoux pliaient sous elle, mais elle serrait les dents, surmontait la souffrance, se bornait à regarder le petit cercle de lumière qui éclairait le chemin caillouteux, plein de trous. La hantise de Francesca était de tomber. Il fallait avancer vite, ne pas perdre de vue un seul instant le pied de Julius ; mettre ses pas dans les siens. Par chance, la nuit était assez claire.

Julius s'arrêta un moment. Il tendit la gourde à Francesca et but à son tour. Ils se reposèrent une dizaine de minutes et se remirent en marche.

« Le plus dur reste à faire », dit Julius.

Ils abordèrent une montée qui semblait ne plus devoir finir. Francesca, dont les muscles s'étaient refroidis pendant la pause, avait tellement mal aux jambes et aux pieds que le moindre pas lui coûtait. Elle avançait en gémissant.

Peu à peu, elle s'accoutuma à la douleur. Julius dégageait le chemin, tenait les branches des arbres pour lui laisser le passage. Le silence était si grand que le bruit de leur pas, les brindilles qu'ils écrasaient sous leurs pieds, les pierres qui roulaient, leur souffle même semblaient résonner dans la montagne.

Les vêtements de Francesca étaient trempés de sueur. Elle demanda à Julius de s'arrêter un instant pour enlever son pull-over.

« Non, dit-il, tu attraperais froid. »

Ils s'enfoncèrent dans un sous-bois. L'aube se levait. L'humidité les pénétra jusqu'aux os. Francesca grelottait. Julius força encore le pas. Francesca allait renoncer quand Julius dit : « Nous y sommes. »

De l'index, il lui montra le ciel bouché. La lumière perçait à peine à travers d'épais feuillages.

Francesca se laissa glisser à terre. Julius se défit de son sac, lui enleva le sien, déroula la couverture et la passa autour de ses épaules. Il la frictionna, prit la fiasque dans sa veste ; Francesca ouvrit la bouche, Julius la fit boire.

Francesca sentit la chaleur l'envahir, d'abord dans son ventre, puis dans les bras, les jambes : elle cessa de claquer des dents. Julius s'assit au pied de l'arbre et il alluma une cigarette. Ils restèrent là un bon moment, côte à côte, sans bouger. Ils n'osaient même pas se regarder. Julius tendit sa cigarette à Francesca. Le tabac, mêlé à l'alcool, lui brûla la bouche. Francesca s'assoupit un moment. Quand elle s'éveilla, elle était seule.

Elle était toute courbatue. Elle regarda alentour. Elle était si fatiguée que peu lui importait que Julius soit parti. Elle n'arrivait plus à réfléchir. Julius sortit de derrière un arbre.

« Tu pensais que j'étais parti ? Avoue-le !

— Je m'en fiche, dit Francesca.

— Il est toujours temps de faire demi-tour. Je vais repartir ce soir. Tu auras le temps de te reposer et de rentrer. Demain, je serai loin. Personne ne pourra me retrouver là où je vais. Alors, décide-toi. À l'heure qu'il est, on a dû partir à ta recherche, prévenir la police peut-être. Pour ça, ils vont être servis. »

Julius montra à Francesca son revolver. Francesca tressaillit.

« Tu as peur ? Tu ne sais donc pas que je suis un assassin ? Je pourrais te tuer toi aussi.

— Vas-y. Tire ! » dit Francesca, et elle se leva et se mit devant Julius. Elle avait l'air si décidé que Julius recula.

Il rangea son arme, se radoucit tout à coup.

« Nous devons manger un peu. Il faut reprendre des forces », dit-il doucement.

Il sortit de sa besace du pain, du jambon, du fromage, une bouteille de vin. Avec son couteau il découpait des petits bouts qu'il donnait à Francesca. Ils ne se parlèrent pas pendant tout le temps du repas. La fatigue et la tristesse qui l'accompagne étaient passées ; ils étaient presque joyeux.

« C'est tout ce que tu as comme nourriture ? demanda Francesca.

— Non, j'en ai caché à quelques centaines de mètres d'ici, près d'une source. Ne t'inquiète pas. On peut vivre des mois dans le désert. La seule chose qui me manque, c'est le café. Je ne peux pas faire du feu. Plus tard, peut-être, cette nuit, on verra. En attendant, il faut s'en passer. Maintenant, nous devons nous reposer. On a tout le temps jusqu'à ce soir. »

Julius arrangea les duvets. Il dit à Francesca de se déshabiller. À la fraîcheur de l'aube allait succéder une chaleur de plomb, même s'ils étaient protégés par les arbres, il ne fallait pas perdre leurs forces à cause de la chaleur.

Quand Francesca enleva ses chaussures, elle grimaça de douleur. Encore qu'elle eût pris la précaution d'avoir mis deux grosses paires de chaussettes de laine, Julius vit qu'elle avait des cloques au talon.

Julius avait dans son sac une petite trousse d'où il sortit une aiguille et du Mercurochrome.

Il s'agenouilla, prit le pied de Francesca, qui voulut se dégager : « Laisse-toi faire ; si je ne te soigne pas, demain tu ne pourras plus faire un pas. »

Il brûla l'aiguille à la flamme du briquet et perça les cloques. Une eau trouble se répandit. Julius versa du Mercurochrome sur les cloques. « Dans une heure, elles seront sèches. »

Ils arrangèrent leur couverture et s'allongèrent côte à côte. Julius fumait en silence. Francesca se blottit contre lui. « Dors maintenant », dit Julius.

Quand ils s'éveillèrent, il était plus de trois heures. Il faisait chaud. Ils étaient en nage. La lumière qui trouait le feuillage faisait des taches claires sur le sol. Francesca s'étira. Elle avait mal partout, mais ne se plaignit pas. Julius lui dit de se lever. Ils devaient aller à la source.

Ce que Julius appelait la source était un mince filet d'eau. Le petit torrent était presque à sec. Francesca enleva sa chemise, elle était nue jusqu'à la ceinture, et elle mit la tête sous l'eau. La fraîcheur lui fit du bien. Elle laissa la place à Julius. Il fit de même, puis, se servant de ses mains comme d'une gouttière, il les remplit d'eau qu'il versa sur Francesca. Julius caressa les épaules mouillées, les seins, et se détourna. Il dit avec brusquerie : « Remets ta chemise. » Francesca obéit sans rien dire. Julius récupéra un sac de provisions. Ils rejoignirent le sous-bois, mangèrent encore du fromage ; le pain était rassis. Ils burent un peu de vin et attendirent que le soir tombe pour se remettre en route.

Comme Julius empruntait des sentiers muletiers désaffectés, ils avançaient lentement. Cette fois, ils arrivèrent dans une oliveraie. Elle était abandonnée depuis longtemps. Les arbres avaient poussé en travers. Certains, à moitié calcinés, avaient des troncs qui faisaient des colonnes torses. Le manque de soin avait donné naissance à une quantité de formes étranges. Il fallait faire attention où l'on posait le pied, les branches enchevêtrées, qui avaient poussé au ras du sol, obligeaient à avancer avec précaution. Une chute aurait compromis toute chance de salut. Dans l'aube claire, Francesca eut l'impression de pénétrer dans un labyrinthe semé d'embûches par une nature hostile. Elle se sentit oppressée. Elle n'aimait pas cet endroit. Pour la première fois, depuis qu'elle était partie avec Julius, elle eut peur. Ils s'enfoncèrent dans l'oliveraie. Près d'un arbre abattu, Julius aida Francesca à déposer son sac. Ils s'assirent côte à côte. Ils ne parlaient pas. Depuis la veille, ils avaient échangé à peine quelques mots. La fatigue commençait à se faire sentir.

Ils burent un peu d'eau, Julius alluma une cigarette, en tendit une à Francesca. Elle refusa et se mit un peu de côté pour regarder Julius. Elle prenait un plaisir singulier à le regarder fumer : la tête renversée en arrière, les yeux mi-clos, perdu dans ses pensées. Francesca savourait ces moments d'intimité où elle pouvait contempler Julius à son aise. Elle se gardait bien de rompre le charme de ces silences. Elle pensa que c'était à cause de cela que Julius l'avait emmenée avec lui dans le désert, pour sa capacité à se taire, à le regarder, à le comprendre en silence. Ils n'avaient pas besoin de mots.

Julius se tourna vers Francesca. Il ne s'était pas rasé depuis trois jours. La barbe lui mangeait le visage, ses yeux paraissaient encore plus clairs. Il alluma une autre cigarette. Quand il l'eut finie, il l'écrasa avec soin et se coucha. À voix basse, il dit : « On est bien, tout de même. »

Julius s'était endormi. Francesca regarda autour d'elle, elle eut envie de fuir. Elle se leva, s'habilla à la hâte et s'engagea sur un petit sentier. En quelques minutes, elle fut hors de l'oliveraie. Quand elle en sortit, elle poussa un soupir de soulagement, elle étouffait là-dedans. Julius serait furieux s'il la voyait marcher ainsi à découvert, elle savait le danger qu'elle lui faisait courir, mais il n'y avait personne alentour et la chaleur du soleil lui faisait du bien.

Il était près de midi. Francesca leva la tête. La lumière l'éblouit. Elle regarda autour d'elle : il n'y avait presque pas d'arbres, mais le maquis : les genêts étaient en fleur ; leurs hautes tiges surmontées d'un jaune cru se mêlaient aux feuilles brillantes des arbousiers, aux lentisques, au myrte. Quelques oliviers sauvages aussi avaient poussé là. Francesca prit entre ses doigts deux petites boules de myrte et les écrasa. Elle se frotta les mains avec le jus noir et le respira. C'est alors qu'elle entendit au loin le bruit de moteur d'un avion. Son cœur se mit à battre la chamade. Elle chercha un endroit où se cacher. Il était trop tard pour revenir à l'oliveraie. Elle vit un gros rocher et se glissa dessous sans prendre garde aux ronces et aux pierres pointues qui la blesseraient. Le bruit se rapprocha. Francesca leva la tête. C'était un petit avion rouge à bandes jaunes. Il vola à basse altitude juste au-dessus d'elle et, dans un bruit de moteur assourdissant, il la dépassa. Francesca sortit de sa cachette, resta accroupie. Elle vit alors l'avion qui larguait une pluie rouge au-dessus de l'oliveraie. Les arbres et les roches étaient recouverts de rouge, comme s'ils étaient teints. Un peu plus loin, l'avion largua encore son produit coloré sur quelques arbres. Soudain, Francesca comprit : ils étaient sur leur trace ; ils marquaient le désert. Ils étaient perdus. Le bruit se rapprocha de nouveau, l'avion semblait revenir vers elle. Francesca se tapit sous le rocher.

Au bruit de moteur, Julius s'était éveillé. Il avait attendu que l'avion s'éloigne et il était sorti. Francesca demeurait allongée par terre. Les pierres pointues lui entraient dans le corps ; les ronces l'avaient griffée. Julius l'appela. Quand elle se releva et qu'il la vit au milieu des genêts, il courut vers elle. La colère avait transformé son visage. Il était blême. Il la saisit par le bras et lui dit : « Il faut que tu t'en ailles. Je ne peux pas te faire confiance. Tu vas me faire prendre. »

Francesca tendit le bras en direction des arbres teintés de rouge. Sans doute, dit-elle, l'avion repérait-il ainsi tous les endroits où ils pouvaient se cacher. Julius haussa les épaules. Sa colère était retombée.

« C'est un produit qu'on utilise pour ralentir la progression du feu. C'est toi qu'on a dû repérer ! » Francesca avait beau scruter l'horizon, elle ne voyait pas de feu. Julius montra le ciel. À l'ouest, il était d'une blancheur opaque, striée de nuages rouges : de l'autre côté de la montagne, le désert était en feu.

Francesca expliqua alors qu'on n'avait pas pu la voir, elle s'était glissée sous un rocher, les lentisques et les genêts la protégeaient du regard. Elle fit voir à Julius ses jambes et ses bras griffés.

« Il faut quitter cet abri au plus vite. Dès que la nuit tombera, nous partirons, nous ne pouvons pas marcher ici, nous sommes à découvert. Nous allons gagner une crique. Là personne ne pourra nous trouver ; je te montrerai le chemin pour retourner ; je te donnerai des vivres. Il n'y a pas deux jours de marche. »

Francesca s'était mise à pleurer.

« Allons, viens maintenant », dit Julius.

Il la prit par la taille ; Francesca mit sa tête contre son épaule. Ils retournèrent à l'oliveraie. Francesca était épuisée, elle ne savait plus que penser. Jusqu'alors, elle s'était imaginé qu'ils étaient seuls au monde, que la connaissance que Julius avait du désert les rendait invulnérables. C'était comme une sorte de jeu extraordinaire, qui n'avait aucun lien avec tout ce qu'elle avait vécu.

Francesca vivait dans le rêve d'une nature sauvage où ils passeraient le reste de leur vie ; elle avait oublié le monde, mais le monde s'était rappelé à eux : l'avion en était le signe et le signe aussi que le meurtre avait existé. Ce qui avait pu ressembler à une fugue d'amoureux revêtait un sens tout différent désormais : Francesca était la complice d'un assassin ; elle risquait sa vie, sa liberté, pour un homme qui lui semblait un étranger. Elle n'était plus sûre à ce moment-là que Julius vaille la peine d'un tel sacrifice. Ce doute ne l'avait plus quittée. Le sentiment de liberté qu'elle avait eu les deux premiers jours s'était éteint. Elle ne l'avait plus jamais éprouvé.

Francesca tapa sur l'épaule de Julius qui somnolait, et, dans ce décor étrange, où ils pouvaient voir le Monte Genova en face d'eux qui brûlait, Francesca demanda à Julius de lui raconter le meurtre. Julius ne se fit pas prier. Il raconta tout. Il n'éprouvait aucun regret. « Ce n'était pas un homme, dit-il, ce n'était rien. » Francesca, à ses mots, tressaillit.

Tard dans la soirée, le vent avait tourné. Le feu se déplaçait. L'odeur âcre de la fumée empestait l'air et leur piquait les yeux. Dans la nuit, ils virent des points orange sur la montagne. Le vent soufflait de plus en plus fort. Ils devaient crier pour se parler. Au bout d'un moment ils y renoncèrent. Ils étaient excédés de fatigue, découragés. Ils se remirent en marche avant l'aube. Ils peinaient à avancer. Ils avaient la gorge sèche. Ils durent s'arrêter et se mettre à l'abri.

Dans la nuit, le vent était presque tombé. On apercevait encore quelques fumerolles. La montagne était grise ; de loin les arbustes calcinés faisaient des taches noires. Le paysage était désolé et vide.

Ils étaient sortis du désert. Le paysage était moins aride ; ils traversèrent une pinède, prirent le chemin douanier, le quittèrent assez vite et s'engagèrent sur des sentiers étroits, caillouteux, qui longeaient la mer et étaient presque impraticables : personne ne les entretenait plus.

Quand Francesca avait vu la mer, elle avait poussé un cri de joie. Julius avait ri. Depuis qu'ils étaient partis, c'était la première fois. Ils se parlaient à peine et ne se touchaient pas.

Ils étaient dans une petite crique, pas très loin de L'Île-Rousse. La montagne était pleine de grottes, de renfoncements où l'on pouvait se cacher. Francesca avait compris que Julius avait préparé sa fuite de longue date : là aussi, ils avaient trouvé un sac de provisions, de l'alcool, des cigarettes.

Ils mangèrent ; ils se reposèrent. Julius voulut se laver et se raser.

« Nous puons comme des boucs », dit-il.

La rivière était à deux ou trois kilomètres. Francesca rechignait à y aller : elle était fatiguée. Julius sortit un morceau de savon de son sac, un rasoir, un petit miroir, prit son revolver, son fusil et laissa tout le reste. Francesca l'accompagna à contrecœur. Elle se traîna tout le long du chemin. Julius était souvent obligé de s'arrêter pour l'attendre.

Ils débouchèrent soudain sur la rivière. C'était un autre monde : les branches de grands saules pleureurs tombaient dans l'eau, il y avait des peupliers immenses, de grosses racines rouge foncé s'enfonçaient dans l'eau, des fougères géantes et des roseaux cachaient l'autre berge. Dans la lumière, le vert des arbres se confondait avec l'eau noire et profonde, qui faisait à cet endroit un bassin naturel. Francesca frissonna. Il faisait presque froid. Un canard au plumage noir et blanc passa au ras de l'eau et disparut ; d'autres s'envolèrent.

Francesca et Julius restèrent silencieux un long moment, attentifs au moindre craquement de branche, au plus petit froissement de papier que faisaient les feuilles foulées par les petits animaux, dont ils devinaient le passage. Francesca était charmée, émue par le chant des oiseaux qui se répondaient.

Ils se baignèrent. L'eau était glacée. Passé le premier saisissement, la fraîcheur était délicieuse. Ils nagèrent lentement pour gagner l'autre rive. Ils trouvèrent une petite place entre deux arbres. Ils s'allongèrent, fermèrent à demi les yeux. La lumière du soleil filtrait à travers le feuillage. Ils eurent l'impression que rien n'était changé depuis la naissance du monde.

« Plus personne ne vient ici, dit Julius. Quand j'étais enfant, j'y suis venu souvent avec mon grand-père Alfred. L'été, il habitait Saint-Florent. Il avait une barque qu'il passait sa vie à retaper. Il fallait bien deux heures avant d'arriver ici. Tout est différent quand on arrive par la mer. De loin, la rivière est cachée. On ne voit que les rochers rouges. Nous remontions la rivière à la nuit tombée. Une lanterne éclairait l'eau. Le moindre bruit me faisait sursauter. Les premières fois, j'avais eu peur ; ensuite, je m'y étais habitué : j'étais si absorbé par les manœuvres que je n'avais plus le temps de penser : je ramais.

« C'est difficile... Il faut éviter les branches, immobiliser la barque au bon endroit, veiller à ce que le coup de trident ne déséquilibre pas l'embarcation. La première fois, j'avais été surpris, j'avais tout lâché et la barque avait failli se retourner.

« Nous rentrions à deux ou trois heures du matin. La lumière de la cuisine était toujours allumée : ma grand-mère Lisandra nous attendait. Le vieux jetait le poisson dans l'évier. Sur la table, ma grand-mère avait disposé le fromage, la charcuterie, les noix, des fruits. Grand-père Alfred ouvrait une bouteille de vin blanc. Il m'en donnait la moitié d'un verre. Je m'endormais sur la table. Dans un demi-sommeil, j'entendais ma grand-mère maugréer, alors qu'elle me portait dans son lit.

« Grand-père ne dormait qu'une heure ou deux sur le sofa du salon. Il partait à l'aube faire le tour de ses terres, visiter ses gens, comme il disait. Son plus grand regret a été que mon père ne prenne pas sa suite, il lui a préféré la politique. Moi aussi, dans un sens, dit Julius en souriant.

« Quand j'ai eu treize ou quatorze ans, mon grand-père m'avait dit qu'il ne touchait plus ma grand-mère depuis des années. Qu'il me dise cela à brûle-pourpoint m'avait gêné. J'avais rougi. Mon grand-père s'était mis en colère : "Et comment, m'avait-il dit, crois-tu qu'un homme existe autrement ?" Il rêvait d'une femme dans son lit, avec qui, disait-il, il aurait dormi content. Je comprends cela maintenant. Et toi ? Le comprends-tu ?

— Continue », dit Francesca.

Mais Julius cessa de parler. Il avait sombré dans une rêverie où il parut à Francesca qu'elle ne pouvait plus l'atteindre. Il voulut retourner sur l'autre rive.

Ils se savonnèrent. Ils avaient froid. Francesca se rinça et sortit de l'eau. Julius la frictionna avec son tricot pour la sécher.

« Tu ne me quitteras pas ?

— Non », dit Julius.

Francesca était si fatiguée qu'elle n'arrivait plus à marcher. Julius, malgré le risque d'être repéré, fit du café. Francesca était fourbue, il lui massa les jambes, le dos, la laissa dormir une nuit entière. Ils perdirent une journée. Francesca se dit prête, mais Julius, d'un coup d'œil, avait jugé la situation : « Tu ne tiendras pas. »

Il voulut alors revenir sur Petra-Moneta, descendre jusqu'à Ponte-Leccia et aller à Morosaglia où il avait un ami sûr qui pouvait le cacher quelque temps. On le cherchait dans le désert. Ils savaient maintenant qu'ils étaient deux. Qu'il soit de nouveau seul lui laissait plus de chance. Francesca finit par consentir. Elle ne se sentait pas la force de continuer. Ils prirent la décision de se séparer dans deux ou trois jours ; cela lui paraissait encore loin. Francesca s'était endormie presque contente que cela finisse. Elle imaginait que les choses allaient rentrer dans l'ordre, ne voyait pas que tout s'était aggravé, était devenu irrémédiable.

Julius renonça à aller à Morosaglia. C'était trop dangereux. Il devait s'arrêter quelques heures, réfléchir, retrouver ses moyens, son instinct, la peur aussi.

« Le moment où la fatigue prend le dessus est celui où l'on oublie la peur et où l'on se fait prendre », dit-il.

Il ne voulait pas se faire prendre. Francesca, la peur, elle ne risquait pas de l'oublier. Elle la sentait tapie au fond d'elle-même, tout le temps.

L'avant-dernier jour, Julius resta dans son coin, il ne lui adressa pas la parole de tout l'après-midi. Francesca le sentait de plus en plus distant. Depuis quatre jours, ils osaient à peine s'approcher, ne se touchaient pas ; pourtant, ils avaient vécu dans une intimité qu'ils n'avaient jamais connue jusqu'alors.

Francesca somnolait, elle cherchait à fuir dans le sommeil cette peur qui ne la quittait pas. Elle ne pouvait s'empêcher de penser que c'était Julius qui avait tiré sur l'homme, l'avait abattu de sang-froid, sans le connaître, sans même jamais lui avoir adressé la parole. Il n'avait pas de griefs particuliers contre lui. Il avait seulement suivi Pierre, voulu montrer à son ami qu'il était fort, hardi, comme lorsqu'ils étaient enfants. Julius gagnait toujours les paris les plus fous. Par un jour de grand vent, il avait plongé des remparts de la citadelle, au risque de se noyer. Pierre avait renoncé, pas lui. Rien n'avait changé, mais il s'agissait alors de la vie d'un homme. Il n'a aucune excuse, pensa Francesca.

Elle avait peur de cette barbarie qui était en lui, qu'elle savait assoupie, mais prête à se réveiller et elle se dit que la politique était une excuse à sa férocité. Elle comprit alors que plus que d'être arrêtée, c'était de Julius qu'elle avait peur. Francesca ne voulait pas que Julius sente cette peur immense qu'elle avait désormais en elle. Elle se dressa devant lui et dit : « Alors, qu'as-tu décidé ? »

Julius ne répondit pas. Francesca n'en pouvait plus d'attendre. Elle fit son sac, le mit sur ses épaules. Julius se tourna et dit sans la regarder : « Je savais que ça finirait comme ça. »

Une colère sourde s'était soudain emparée de Francesca, elle cria : « Je ne vais pas risquer ma peau pour un type comme toi !

— Pourquoi m'as-tu rejoint ?

— Je ne sais pas. Je le regrette...

— Alors, va-t'en », dit Julius.

Il baissa la tête et la colère de Francesca fit place à une grande lassitude. Ses jambes ne la soutenaient plus. Elle se défit de son sac et s'assit près de Julius.

« Je ne bouge pas d'ici. Fais ce que tu voudras », dit-elle à voix basse.

A la nuit tombée, ils mangèrent en silence. Julius était sombre. Francesca le regardait à la dérobée. Avec un bâton, il dessinait des figures sur le sol et les effaçait.

« Tu vas rester ici et m'attendre, dit-il. À l'aube, je serai de retour, nous devons nous approvisionner. La cachette est bonne, mais nous ne pouvons pas y rester éternellement. Demain soir, au plus tard, il faut que nous soyons repartis. Tu auras tout le temps de réfléchir à ce que tu veux faire d'ici là. »

Francesca acquiesça. Julius partit sur l'heure. Francesca s'endormit peu après. À son réveil, elle se demanda comment elle avait pu dormir avec l'esprit si tranquille. Ainsi, dans les situations les plus périlleuses, il existe des moments paisibles où l'on est sans inquiétude, comme si aucune menace ne pesait sur soi. Peut-être, se dit Francesca, je commence à m'habituer à la mort ?

Il était à peine cinq heures du matin quand Julius revint. Il avait fait du café. « Il faut que nous retournions sur nos pas. À un endroit où ils ne nous attendent pas. Nous allons retourner à la grotte. Autrement, nous sommes perdus. De là, tu pourras rentrer chez toi. Et ensuite, je sais ce que j'ai à faire.

— Tu ne m'as pas demandé mon avis !

— C'est inutile. Je ne veux pas mettre ta vie en péril. D'ailleurs, ton avis, tu me l'as donné hier. »

Francesca ne répondit rien. Elle était à bout de nerfs. Ils retournèrent à la rivière. Ils se lavèrent, mais Francesca n'éprouva pas le plaisir qu'elle avait eu la première fois qu'ils y étaient allés. Le soir, elle fut soulagée de se remettre en route.

Ils marchèrent toute la nuit. À l'aube, ils avaient déjà fait plus de la moitié du chemin. Ils étaient passés devant l'oliveraie sans s'arrêter. Ils avaient bifurqué à main gauche et s'étaient trouvés devant une bergerie abandonnée. La toiture était à moitié effondrée. Ils poussèrent la porte, arrangèrent leur sac sur les gravats. Après s'être restaurés, ils s'endormirent. Francesca se réveilla peu après en sursaut : il lui semblait avoir entendu du bruit. C'était arrivé souvent ces derniers jours. Ce n'était rien, mais Francesca avait eu une telle frayeur qu'elle n'arriva plus à se rendormir. Elle resta dans la pénombre, assise auprès de Julius, à le regarder. Malgré la chaleur, elle n'osa pas sortir de la bergerie. Elle attendait que Julius se réveille, puis, n'y tenant plus, elle le secoua.

« Qu'y a-t-il ?

— Rien. Je ne supporte plus cette solitude. Parle-moi. Je t'en prie, Julius, dis-moi quelque chose.

— Laisse-moi dormir. Dors, toi aussi. Nous devons reprendre des forces. Cette nuit, nous en aurons besoin. »

Francesca se leva et sortit. Elle prit le sentier qui descendait jusqu'à la route. Soudain, elle sentit la main de Julius sur son épaule, il la serrait comme un étau ; il relâcha son étreinte et la saisit par les cheveux avec une telle violence que Francesca poussa un cri de douleur Il la força à remonter à la bergerie. Il la tenait ferme, l'insultait à voix basse. Francesca ne comprenait pas tout ce qu'il disait. Elle se mit à trembler, crut que Julius voulait la tuer. Il la jeta sur les sacs. « Ne bouge pas », dit-il. Il se déshabilla à la hâte.

Il s'appuya sur elle de tout son poids.

« C'est ça que tu voulais ? » dit-il. Et il répétait toujours ces mots alors qu'il lui mordait la nuque ; que ses mains lui enserraient les poignets à les briser. Francesca avait la tête dans la couverture ; elle étouffait. Julius la repoussa. Ils restèrent longtemps sans rien dire. Francesca pleurait doucement, le visage dans les mains.

« Regarde-moi, Francesca. »

Mais elle ne bougeait pas. Julius prit ses mains dans les siennes, son visage était tout près du sien. Francesca ferma les yeux. Julius lécha les larmes de Francesca. Elle entrouvrit la bouche, sentit le goût du sel dans la bouche de Julius.

« Il est trop tard, tu le sais bien, non ? » dit-il, et il colla sa bouche contre celle de Francesca jusqu'à ce qu'ils n'aient plus de souffle.

Le soir tombait quand ils s'éveillèrent. Julius fit du feu pour le café. Ils en burent deux tasses chacun. Ils avaient faim. Depuis leur départ, cela faisait longtemps qu'ils n'avaient eu autant d'appétit. Ils dévorèrent la charcuterie, le fromage et des fruits au sirop qu'ils mangèrent avec les doigts, à même la boîte.

Ils se mirent en route sur le coup de dix heures. C'était une nuit sans lune. Ils peinaient à avancer. Quand l'aube se leva, Francesca regarda autour d'elle et ne reconnut rien. Le ciel était d'un gris plombé ; les arbres paraissaient gris aussi : la nature semblait avoir perdu ses couleurs. Francesca fut tout étonnée de se retrouver devant la grotte à peine une demi-heure plus tard. Elle fut rassurée de retrouver un décor familier. Elle n'avait plus peur.

« Personne ne viendra nous chercher ici », dit Julius.

Lui aussi semblait plus calme. Il défit les sacs, installa les couvertures, rangea ses affaires et Francesca fut encore une fois surprise par sa minutie, son goût de l'ordre. Les images du meurtre lui revinrent à la mémoire, mais elle les chassa aussitôt.

À quoi bon ? pensa-t-elle.

Le matin, il fit très chaud, la grotte était lumineuse. Francesca regarda par le trou qui donnait sur la mer : elle se confondait avec le ciel. L'après-midi, peu à peu, la pénombre gagna sur la lumière. À cinq heures, il faisait presque nuit.

« Combien de temps allons-nous rester ici ? demanda Francesca.

— Encore une nuit et un jour. Il faut que tu partes la nuit prochaine.

— Je ne veux pas, Julius.

— Il le faut.

— Mais comment aurai-je de tes nouvelles ?

— Il faut laisser passer deux ou trois mois. Le temps que les recherches s'épuisent. Ils ne vont pas toujours me consacrer autant de temps ni d'argent. Ils attendent que je me lasse, car la lassitude me guette, ils ont raison. Mais, d'ici là, je pourrai établir des contacts. En attendant, il faut s'armer de patience. C'est bientôt l'ouverture de la chasse. À ce moment-là, je pourrai te faire donner de mes nouvelles, pas avant. Le désert ne sera plus vide ; les recherches vont devenir plus difficiles. Ils ne peuvent pas arrêter tous les chasseurs. Pendant quelques mois, ils vont relâcher leur effort. Ils ne pourront reprendre les recherches qu'au plein de l'hiver et moi, alors, je serai peut-être, et même sûrement, très loin d'ici.

— Où iras-tu, Julius ?

— Je ne peux le dire, pas même à toi. Ce serait mettre ma vie et la tienne en péril. Repose-toi maintenant, cesse de te tourmenter. Qui peut dire si nous nous reverrons ou pas. Quelle importance, après tout ? Ce qui est vécu est vécu ; ce qui est pris est pris. Personne ne peut nous l'enlever. »

Ils s'étaient habitués à dormir le jour et, malgré l'obscurité, ils n'arrivaient pas à s'endormir.

« Julius, tu dors ?

— Non. Approche-toi, veux-tu ?

— Non, je suis bien comme ça.

— Francesca, c'est la dernière nuit que nous passons ensemble...

— Et alors ? Qu'est-ce que tu crois ? La dernière nuit ! C'est absurde !

— Tu as raison. Pardonne-moi.

— Julius, as-tu déjà été comme ça avec Marie ?

— Je n'ai jamais été comme ça avec personne, Francesca. Essaie de dormir maintenant. »

Francesca se leva, rangea ses affaires et vint se blottir contre Julius. Le désir de Julius l'apaisait. Elle ne bougea pas. Ils s'endormirent le matin, mais la lumière les réveilla. Ils se mirent debout. Ils étaient face à face. Julius s'approcha encore. Ses lèvres effleurèrent celles de Francesca. Ils s'embrassèrent longuement. Ils n'arrivaient pas à se détacher l'un de l'autre.

Francesca avait la main crispée sur sa poitrine. Julius défit lentement les doigts pour baiser la paume ouverte, la lécher, la faire glisser doucement sur le ventre, les reins. Ses dents s'enfoncèrent dans la chair molle et blanche de l'épaule de Francesca, qui fit un léger mouvement, elle eut comme un sursaut, il leva la tête, et vit le regard de Francesca, brouillé de larmes.

# V

Francesca partit à l'aube. Elle marcha jusqu'à la bergerie, sans se retourner. L'enclos était vide. Le chien et le troupeau avaient disparu. Francesca pensa que Michel, le frère de Julius, était monté et avait récupéré les bêtes. Il n'y avait pas le moindre souffle d'air, pas le moindre bruit. Francesca avançait sans réfléchir. Elle ne sentait pas la fatigue. On eût dit qu'elle sortait d'un rêve. Quand elle eut dépassé la bergerie, elle voulut rebrousser chemin, mais sa volonté fut entamée par la peur qui l'avait reprise, lui collait à la peau, s'attachait à chacun de ses pas.

Elle ne se souvenait plus comment elle était rentrée chez elle. Personne ne l'avait vue. Clorinde, peut-être ? Elle ne savait pas. Elle s'était cachée dans sa chambre. On ne l'avait découverte que le lendemain matin. Ensuite, elle ne se rappelait plus rien.

Elle apprit plus tard comment Julius avait été découvert. Ce n'était pas les gendarmes qui l'avaient trouvé. Ceux-ci, sans doute mal renseignés par des faux témoins les ayant trompés à dessein, s'étaient dirigés dans la direction de Calvi. D'ailleurs, ils pensaient que Julius chercherait à s'évader par mer. Non, Julius n'avait pas été découvert par eux, mais par un homme qui connaissait sa retraite.

Des coups de feu avaient retenti. Les chasseurs les avaient entendus, de l'autre côté de la montagne. Or, ils savaient que ce côté-là n'était pas giboyeux et que l'on ne s'y rendait jamais. Les coups de feu les avaient inquiétés. Abandonnant la battue, ils s'étaient mis en marche sans attendre.

Le corps était étendu de tout son long à l'entrée de la grotte. Le fusil se trouvait à son côté, Julius n'avait pas eu le temps de s'en servir. Sans doute avait-il mis quelque temps à mourir, car la blessure, en pleine poitrine, n'était pas grande. À peine une heure s'était passée depuis le coup de feu et déjà des oiseaux tournoyaient au-dessus du cadavre.

Les chasseurs s'étaient demandé que faire : ils savaient Julius recherché par les gendarmes. Ils ne pouvaient laisser le cadavre à la merci des bêtes sauvages. Ils le ramenèrent en ville.

La mort rendait inutile toute recherche de Julius. Son père prétendit que son fils avait été victime d'un accident de chasse et la police accepta cette explication. En ces temps difficiles, il valait mieux éviter de nouvelles sources de conflit. La tension en ville était palpable ; les visages fermés, le refus de parler aux journalistes venus du continent — ceux de l'île se tenaient à l'écart, avançaient de prudentes explications, ou se taisaient ;

les cafés déserts ou silencieux, les rondes des voitures de police indiquaient que l'on ne vivait pas des jours ordinaires.

C'est au moment même où les chasseurs ramenaient le corps de Julius dans la maison de son père, où les femmes le lavaient et l'habillaient, que Mathilde était entrée dans la chambre de sa fille. Elle avait trouvé Francesca nue, accroupie près de la fenêtre, elle l'avait battue et enfermée à clé sous les combles, dans la pièce de Giovanna, qui ne servait plus depuis longtemps.

Rosalie Sartori avait fait déposer le corps de Julius dans la chambre de son grand-père. Elle avait conduit et précédé les hommes dans le long couloir qui y menait. Elle avait fait appeler les femmes de la famille et servir à boire aux chasseurs. Ensuite seulement, Rosalie Sartori s'était enfermée dans la chambre mortuaire de Julius et n'en avait plus bougé jusqu'à l'enterrement.

## VI

« À cinq heures, il y a la messe de sortie de deuil de Julius Sartori, dit Julie Ludovici. Le jour de l'enterrement, il faisait une journée comme aujourd'hui. L'air était brûlant.

— Oui. Quelle chaleur et quel silence dans ce cimetière ! » dit Santa Marietti.

Ce n'était pas du silence. Il y avait cet oiseau qui chantait. Le bruit des pas, le grincement des cordes sur le bois. Le froissement des tissus à chaque mouvement, les chuchotements après ; les murmures et le bruit des pelletées de terre, qu'on a fini par ne plus entendre comme s'il était étouffé, et le long cri de Rosalie. Le silence n'était venu qu'après. C'était comme si après ce cri, nous étions tous devenus sourds. C'était effrayant cette plainte qui ne cessait pas, montait de ses entrailles, ce cri rauque, animal. Après était venu le silence.

« Rosalie était folle de douleur, dit Julie Ludovici.

— Julius était son fils préféré, le plus jeune, dit Santa Marietti.

— Je me demande comment cela va finir. Rosalie Sartori a juré de venger la mort de son fils. Le père de Julius a fait retirer les linges noirs des fenêtres. Il a dit qu'il ne voulait plus de ces oripeaux barbares. Sa peine lui suffisait. En cela, je l'approuve.

— Moi aussi. C'était un crève-cœur, ces volets ouverts sur cette noirceur. Rosalie Sartori avait interdit qu'on les touche. Des draps s'étaient détachés des fenêtres, ils pendaient et flottaient au vent comme des guenilles. Antoine Sartori a voulu les décrocher lui-même. Elle s'y est opposée. Elle a fait venir un prêtre. Il paraît qu'il les a brûlés dans la cour et en a recueilli les cendres, car les linges de deuil sont sacrés.

— C'est une véritable cérémonie. Magdalena Fioravanti y était, dit Julie Ludovici. Elle est du Sud, et amie intime de Rosalie Sartori. Elle m'a dit que si la coutume n'est pas respectée, l'âme du mort est condamnée à errer pour l'éternité et les hommes n'en gardent pas la mémoire.

— Je n'aime pas cette coutume... Elle me donne froid dans le dos, dit Santa Marietti. À propos, sais-tu que Clorinde a décidé de ne plus travailler chez Mathilde Montadori.

— Oui, mais j'ignore ce qu'elle va faire.

— Dès que Francesca sera mieux, elle pense retourner au marché.

— À son âge, partir par tous les temps, se lever à l'aube ! Et Joseph ? Lui aussi a quitté son travail. Il reste des journées entières sans rien faire...

— Oh celui-là ! Il attend son heure. Il veille sur Francesca, il la guette, il la suit comme son ombre...

— Francesca n'est encore jamais sortie au village et Clorinde s'arrange pour que nous ne la voyons pas lors de nos visites, dit Julie Ludovici.

— Elle refuse peut-être de nous voir. Qui sait ? Sans doute a-t-elle honte ? Après tout ce qui s'est passé, je comprends qu'elle ne veuille voir personne...

— Honte ? Ce serait mal connaître Francesca de le penser ! C'est une fille orgueilleuse. Elle a trompé sa sœur, son fiancé, sa mère, sans la moindre honte. Elle a rejoint Julius dans le désert... Sans doute même l'a-t-elle encouragé, ou poussé à l'action...

— Cela, on ne peut pas le dire, dit Santa Marietti. Ah ! Mon Dieu ! Quand tout cela finira-t-il ? Tous ces meurtres, cette folie ! Que de morts !

— Tant que le monde est monde, il en ira ainsi, dit Julie Ludovici.

— Tu sembles résignée à cette violence. Moi, je n'en peux plus. C'est vrai, moi aussi, j'avais fini par m'y habituer, je ne prêtais plus guère attention aux attentats, même les meurtres, Dieu me pardonne, me laissaient indifférente. Maintenant, j'ai peur, je n'ouvre plus le journal, je ne veux plus rien savoir, j'ai toujours devant les yeux le visage de Julius, je n'arrive pas à le chasser de ma mémoire...

— Que faire ? C'est le destin. Mais la vie est la plus forte. Regarde Mathilde Montadori. Je l'ai aperçue l'autre jour en ville. Tailleur gris, collier de perles, et ses cheveux roux, flamboyant comme une insulte au deuil...

— On dit que le chagrin rajeunit certaines femmes, tu le sais bien, on n'est pas dans son cœur...

— Le malheur n'embellit que celles qu'il ne touche pas, dit Julie Ludovici. Et Marie ? A-t-on de ses nouvelles ?

— Marie est toujours chez une cousine, sur le continent. Du moins, c'est ce que Mathilde a laissé entendre, mais Clorinde dit ne pas lui connaître de cousine française si bienveillante et qui porte ce nom-là. Clorinde a su que Marie est fiancée...

— Comment est-ce possible ? Déjà ? Cette fille n'a pas de sentiment ou Clorinde fait erreur...

— Ou bien elle ment. Tu sais qu'elle n'a jamais porté Marie dans son cœur. Elle a toujours été du côté de Francesca.

— Cet amour aura coûté cher à Francesca, dit Julie Ludovici. Il l'a empêchée de conquérir le cœur de sa mère, qui avait pour elle des raisons de ne pas l'aimer... Clorinde l'a encouragée à faire ce que bon lui semblait et puis elle rêvait d'un mariage avec Joseph pour les avoir tous les deux sous sa coupe...

— Crois-tu ? Je te trouve bien sévère avec Clorinde. Elle a toujours fait son devoir, les a toujours aimés.

— Je n'appelle pas cela de l'amour. Un amour sans morale ne vaut rien.

— Qui sait, dit Santa Marietti, peut-être n'en existe-t-il pas d'autre ? Le véritable amour ne s'embarrasse de rien. Pour moi, j'en suis incapable.

— Dis plutôt que tu as eu assez de forces et de religion pour ne pas tomber dans cette déchéance La passion avilit. Dieu en préserve mes enfants...

— Crois-tu vraiment ? dit Santa Marietti. Parfois, je me dis en effet que nous avons eu de la chance et d'autres fois que nous ignorons tout de la vie pour n'avoir pas su, au moins une fois, en faire le sacrifice pour un amour qui nous semblait en valoir la peine.

— Aimer de la sorte n'est pas vivre, c'est déchoir.

— Et vivre comme nous avons vécu, n'est-ce pas déchoir ? Est-ce vivre que de se sacrifier corps et âme à entretenir une maison, à veiller à ce que rien ne manque jamais, à travailler comme une brute, à tout supporter en silence, à n'être pas aimée enfin...

— Il y a du bonheur dans les petites choses. J'ai été heureuse d'avoir mes enfants. Hélas, tu n'as pas connu cette joie. Pour moi, je me console du reste. De nos chagrins et des injustices, nous serons récompensées dans l'autre monde. Celui-ci ne vaut pas la peine. D'ailleurs, peu importe ! Nous ne connaîtrons plus ni toi ni moi ces choses de la passion, et nous ne les avons jamais connues, Dieu merci ! Enfin si Clorinde dit vrai, Julius n'aura pas trompé Marie sans raison...

— Cesse de parler ainsi, Julie, dit Santa Marietti. Que veux-tu qu'elle fasse ? Trompée, bafouée, humiliée et tu donnes raison à Julius ? Marie ne devrait jamais revenir... Quant à Francesca...

— Francesca est jeune, elle s'en remettra.

— Elle ne s'en remettra jamais, dit Santa Marietti.

— Penses-tu !

— J'en suis sûre. Tu sais, moi aussi, j'ai rêvé de partir quand j'étais jeune...

— Et il aura fallu que j'attende près de trente ans pour l'apprendre ?

— Tu te souviens de Marc Michelozzi ? dit Santa Marietti.

— Marc Michelozzi ? Celui qui habite près de la fontaine ? Le fils d'Agnès ? qu'on appelait la Maure, tellement elle était noire de peau ?

— Ne m'interromps pas. Laisse-moi dire, Julie. Nous nous aimions. Il voulait m'emmener avec lui, mais j'ai refusé. Je n'ai pas connu mon père. Ma mère s'est remariée. Son second mari est mort dans les derniers jours de la guerre. Mes deux frères étaient tout petits. C'est moi qui me suis toujours occupée d'eux, je les ai élevés et aujourd'hui, ils ne me regardent plus. Je travaillais dur, du lever au coucher du soleil. J'allais chez qui m'embauchait, même à la journée. J'étais seule à faire rentrer un peu d'argent à la maison. Je ne pouvais pas les abandonner. Parfois, je le regrette...

— Marc Michelozzi ! mais il vient encore tous les étés ! Je croyais que vous étiez fâché ?

— Nous le sommes. Parlons d'autre chose, veux-tu ?

— Viens Santa. Ne reste pas sur le seuil. J'ai préparé du citron pressé avec de la glace pilée. Il fait si chaud, cela nous rafraîchira. Nous avons encore le temps pour la messe. Mon fils nous conduira en auto. »

Francesca toucha son épaule. Il n'y avait plus trace de la morsure de Julius. Presque deux mois étaient passés depuis la mort de Julius dans le désert. Francesca ouvrit les yeux. Une ombre était passée devant elle, s'était fixée au contre-jour.

Francesca ne vit que la silhouette immense ; elle tressaillit, puis tout de suite, le reconnut : c'était Joseph. Il avait fermé les volets.

Francesca s'accoutuma à la pénombre. Joseph ne disait rien. Il restait debout de l'autre côté de la pièce. Francesca s'était habituée à cette présence silencieuse : tous les jours Joseph venait dans sa chambre passer une heure ou deux avec elle.

« Allume et viens près de moi », dit Francesca.

Joseph alluma la veilleuse, prit une chaise, mais Francesca lui fit signe de s'asseoir plus près.

« Pourquoi as-tu fait ça, Joseph ? » dit-elle à voix basse.

Joseph ne répondit pas. Il demeurait silencieux,

la tête basse. Francesca se leva. Elle avait la main sur la poignée de la porte quand elle entendit Joseph qui, dans un souffle, disait :

« C'est toi qui me l'as demandé, Francesca. »

## DU MÊME AUTEUR

*Aux Éditions Gallimard*

LES FEMMES DE SAN STEFANO, prix François Mauriac, 1995

LA CHAMBRE DES DÉFUNTS, 1999

LA FUITE AUX AGRIATES, 2000 (Folio n° 3713

# COLLECTION FOLIO

*Dernières parutions*

| | | |
|---|---|---|
| 3393. | Arto Paasilinna | *La cavale du géomètre.* |
| 3394. | Jean-Christophe Rufin | *Sauver Ispahan.* |
| 3395. | Marie de France | *Lais.* |
| 3396. | Chrétien de Troyes | *Yvain ou le Chevalier au Lion.* |
| 3397. | Jules Vallès | *L'Enfant.* |
| 3398. | Marivaux | *L'Île des Esclaves.* |
| 3399. | R.L. Stevenson | *L'Île au trésor.* |
| 3400. | Philippe Carles et Jean-Louis Comolli | *Free jazz, Black power.* |
| 3401. | Frédéric Beigbeder | *Nouvelles sous ecstasy.* |
| 3402. | Mehdi Charef | *La maison d'Alexina.* |
| 3403. | Laurence Cossé | *La femme du premier ministre.* |
| 3404. | Jeanne Cressanges | *Le luthier de Mirecourt.* |
| 3405. | Pierrette Fleutiaux | *L'expédition.* |
| 3406. | Gilles Leroy | *Machines à sous.* |
| 3407. | Pierre Magnan | *Un grison d'Arcadie.* |
| 3408. | Patrick Modiano | *Des inconnues.* |
| 3409. | Cees Nooteboom | *Le chant de l'être et du paraître.* |
| 3410. | Cees Nooteboom | *Mokusei !* |
| 3411. | Jean-Marie Rouart | *Bernis le cardinal des plaisirs.* |
| 3412. | Julie Wolkenstein | *Juliette ou la paresseuse.* |
| 3413. | Geoffrey Chaucer | *Les Contes de Canterbury.* |
| 3414. | Collectif | *La Querelle des Anciens et des Modernes.* |
| 3415. | Marie Nimier | *Sirène.* |
| 3416. | Corneille | *L'Illusion Comique.* |
| 3417. | Laure Adler | *Marguerite Duras.* |
| 3418. | Clélie Aster | *O.D.C.* |
| 3419. | Jacques Bellefroid | *Le réel est un crime parfait, Monsieur Black.* |
| 3420. | Elvire de Brissac | *Au diable.* |
| 3421. | Chantal Delsol | *Quatre.* |
| 3422. | Tristan Egolf | *Le seigneur des porcheries.* |
| 3423. | Witold Gombrowicz | *Théâtre.* |

| | | |
|---|---|---|
| 3424. | Roger Grenier | *Les larmes d'Ulysse.* |
| 3425. | Pierre Hebey | *Une seule femme.* |
| 3426. | Gérard Oberlé | *Nil rouge.* |
| 3427. | Kenzaburô Ôé | *Le jeu du siècle.* |
| 3428. | Orhan Pamuk | *La vie nouvelle.* |
| 3429. | Marc Petit | *Architecte des glaces.* |
| 3430. | George Steiner | *Errata.* |
| 3431. | Michel Tournier | *Célébrations.* |
| 3432. | Abélard et Héloïse | *Correspondances.* |
| 3433. | Charles Baudelaire | *Correspondance.* |
| 3434. | Daniel Pennac | *Aux fruits de la passion.* |
| 3435. | Béroul | *Tristan et Yseut.* |
| 3436. | Christian Bobin | *Geai.* |
| 3437. | Alphone Boudard | *Chère visiteuse.* |
| 3438. | Jerome Charyn | *Mort d'un roi du tango.* |
| 3439. | Pietro Citati | *La lumière de la nuit.* |
| 3440. | Shûsaku Endô | *Une femme nommée Shizu.* |
| 3441. | Frédéric. H. Fajardie | *Quadrige.* |
| 3442. | Alain Finkielkraut | *L'ingratitude.* Conversation sur notre temps |
| 3443. | Régis Jauffret | *Clémence Picot.* |
| 3444. | Pascale Kramer | *Onze ans plus tard.* |
| 3445. | Camille Laurens | *L'Avenir.* |
| 3446. | Alina Reyes | *Moha m'aime.* |
| 3447. | Jacques Tournier | *Des persiennes vert perroquet.* |
| 3448. | Anonyme | *Pyrame et Thisbé, Narcisse, Philomena.* |
| 3449. | Marcel Aymé | *Enjambées.* |
| 3450. | Patrick Lapeyre | *Sissy, c'est moi.* |
| 3451. | Emmanuel Moses | *Papernik.* |
| 3452. | Jacques Sternberg | *Le cœur froid.* |
| 3453. | Gérard Corbiau | *Le Roi danse.* |
| 3455. | Pierre Assouline | *Cartier-Bresson (L'œil du siècle).* |
| 3456. | Marie Darrieussecq | *Le mal de mer* |
| 3457. | Jean-Paul Enthoven | *Les enfants de Saturne.* |
| 3458. | Bossuet | *Sermons. Le Carême du Louvre.* |
| 3459. | Philippe Labro | *Manuella.* |
| 3460. | J.M.G. Le Clézio | *Hasard* suivi de *Angoli Mala.* |
| 3461. | Joëlle Miquel | *Mal-aimés.* |

3462. Pierre Pelot — *Debout dans le ventre blanc du silence.*
3463. J.-B. Pontalis — *L'enfant des limbes.*
3464. Jean-Noël Schifano — *La danse des ardents.*
3465. Bruno Tessarech — *La machine à écrire.*
3466. Sophie de Vilmorin — *Aimer encore.*
3467. Hésiode — *Théogonie* et autres poèmes.
3468. Jacques Bellefroid — *Les étoiles filantes.*
3469. Tonino Benacquista — *Tout à l'ego.*
3470. Philippe Delerm — *Mister Mouse.*
3471. Gérard Delteil — *Bugs.*
3472. Benoît Duteurtre — *Drôle de temps.*
3473. Philippe Le Guillou — *Les sept noms du peintre.*
3474. Alice Massat — *Le Ministère de l'intérieur.*
3475. Jean d'Ormesson — *Le rapport Gabriel.*
3476. Postel & Duchâtel — *Pandore et l'ouvre-boîte.*
3477. Gilbert Sinoué — *L'enfant de Bruges.*
3478. Driss Chraïbi — *Vu, lu, entendu.*
3479. Hitonari Tsuji — *Le Bouddha blanc.*
3480. Denis Diderot — *Les Deux amis de Bourbonne* (à paraître).
3481. Daniel Boulanger — *Le miroitier.*
3482. Nicolas Bréhal — *Le sens de la nuit.*
3483. Michel del Castillo — *Colette, une certaine France.*
3484. Michèle Desbordes — *La demande.*
3485. Joël Egloff — *«Edmond Ganglion & fils».*
3486. Françoise Giroud — *Portraits sans retouches (1945-1955).*
3487. Jean-Marie Laclavetine — *Première ligne.*
3488. Patrick O'Brian — *Pablo Ruiz Picasso.*
3489. Ludmila Oulitskaïa — *De joyeuses funérailles.*
3490. Pierre Pelot — *La piste du Dakota.*
3491. Nathalie Rheims — *L'un pour l'autre.*
3492 Jean-Christophe Rufin — *Asmara et les causes perdues.*
3493. Anne Radcliffe — *Les Mystères d'Udolphe.*
3494. Ian McEwan — *Délire d'amour.*
3495. Joseph Mitchell — *Le secret de Joe Gould.*
3496. Robert Bober — *Berg et Beck.*
3497. Michel Braudeau — *Loin des forêts.*
3498. Michel Braudeau — *Le livre de John.*
3499. Philippe Caubère — *Les carnets d'un jeune homme.*

3500. Jerome Charyn — *Frog.*
3501. Catherine Cusset — *Le problème avec Jane.*
3502. Catherine Cusset — *En toute innocence.*
3503. Marguerite Duras — *Yann Andréa Steiner.*
3504. Leslie Kaplan — *Le Psychanalyste.*
3505. Gabriel Matzneff — *Les lèvres menteuses.*
3506. Richard Millet — *La chambre d'ivoire...*
3507. Boualem Sansal — *Le serment des barbares.*
3508. Martin Amis — *Train de nuit.*
3509. Andersen — *Contes choisis.*
3510. Defoe — *Robinson Crusoé.*
3511. Dumas — *Les Trois Mousquetaires.*
3512. Flaubert — *Madame Bovary.*
3513. Hugo — *Quatrevingt-treize.*
3514. Prévost — *Manon Lescaut.*
3515. Shakespeare — *Roméo et Juliette.*
3516. Zola — *La Bête humaine.*
3517. Zola — *Thérèse Raquin.*
3518. Frédéric Beigbeder — *L'amour dure trois ans.*
3519. Jacques Bellefroid — *Fille de joie.*
3520. Emmanuel Carrère — *L'Adversaire.*
3521. Réjean Ducharme — *Gros Mots.*
3522. Timothy Findley — *La fille de l'Homme au Piano.*
3523. Alexandre Jardin — *Autobiographie d'un amour.*
3524. Frances Mayes — *Bella Italia.*
3525. Dominique Rolin — *Journal amoureux.*
3526. Dominique Sampiero — *Le ciel et la terre.*
3527. Alain Veinstein — *Violante.*
3528. Lajos Zilahy — *L'Ange de la Colère (Les Dukay tome II).*
3529. Antoine de Baecque et Serge Toubiana — *François Truffaut.*
3530. Dominique Bona — *Romain Gary.*
3531. Gustave Flaubert — *Les Mémoires d'un fou. Novembre. Pyrénées-Corse. Voyage en Italie.*
3532. Vladimir Nabokov — *Lolita.*
3533. Philip Roth — *Pastorale américaine.*
3534. Pascale Froment — *Roberto Succo.*
3535. Christian Bobin — *Tout le monde est occupé.*
3536. Sébastien Japrisot — *Les mal partis.*

3537. Camille Laurens — *Romance.*
3538. Joseph Marshall III — *L'hiver du fer sacré.*
3540 Bertrand Poirot-Delpech — *Monsieur le Prince*
3541. Daniel Prévost — *Le passé sous silence.*
3542. Pascal Quignard — *Terrasse à Rome.*
3543. Shan Sa — *Les quatre vies du saule.*
3544. Eric Yung — *La tentation de l'ombre.*
3545. Stephen Marlowe — *Octobre solitaire.*
3546. Albert Memmi — *Le Scorpion.*
3547. Tchékhov — *L'Île de Sakhaline.*
3548. Philippe Beaussant — *Stradella.*
3549. Michel Cyprien — *Le chocolat d'Apolline.*
3550. Naguib Mahfouz — *La Belle du Caire.*
3551. Marie Nimier — *Domino.*
3552. Bernard Pivot — *Le métier de lire.*
3553. Antoine Piazza — *Roman fleuve.*
3554. Serge Doubrovsky — *Fils.*
3555. Serge Doubrovsky — *Un amour de soi.*
3556. Annie Ernaux — *L'événement.*
3557. Annie Ernaux — *La vie extérieure.*
3558. Peter Handke — *Par une nuit obscure, je sortis de ma maison tranquille.*
3559. Angela Huth — *Tendres silences.*
3560. Hervé Jaouen — *Merci de fermer la porte.*
3561. Charles Juliet — *Attente en automne.*
3562. Joseph Kessel — *Contes.*
3563. Jean-Claude Pirotte — *Mont Afrique.*
3564. Lao She — *Quatre générations sous un même toit III.*
3565 Dai Sijie — *Balzac et la petite tailleuse chinoise.*
3566 Philippe Sollers — *Passion fixe.*
3567 Balzac — *Ferragus, chef des Dévorants.*
3568 Marc Villard — *Un jour je serai latin lover.*
3569 Marc Villard — *J'aurais voulu être un type bien.*
3570 Alessandro Baricco — *Soie.*
3571 Alessandro Baricco — *City.*
3572 Ray Bradbury — *Train de nuit pour Babylone.*
3573 Jerome Charyn — *L'Homme de Montezuma.*
3574 Philippe Djian — *Vers chez les blancs.*
3575 Timothy Findley — *Le chasseur de têtes.*

| | |
|---|---|
| 3576 René Fregni | *Elle danse dans le noir.* |
| 3577 François Nourissier | *À défaut de génie.* |
| 3578 Boris Schreiber | *L'excavatrice.* |
| 3579 Denis Tillinac | *Les masques de l'éphémère.* |
| 3580 Frank Waters | *L'homme qui a tué le cerf.* |
| 3581 Anonyme | *Sindbâd de la mer* et autres contes. |
| 3582 François Gantheret | *Libido Omnibus.* |
| 3583 Ernest Hemingway | *La vérité à la lumière de l'aube.* |
| 3584 Régis Jauffret | *Fragments de la vie des gens.* |
| 3585 Thierry Jonquet | *La vie de ma mère !* |
| 3586 Molly Keane | *L'amour sans larmes.* |
| 3587 Andreï Makine | *Requiem pour l'Est.* |
| 3588 Richard Millet | *Lauve le pur.* |
| 3589 Gina B. Nahai | *Roxane,* ou *Le saut de l'ange.* |
| 3590 Pier Paolo Pasolini | *Les Anges distraits.* |
| 3591 Pier Paolo Pasolini | *L'odeur de l'Inde.* |
| 3592 Sempé | *Marcellin Caillou.* |
| 3593 Bruno Tessarech | *Les grandes personnes.* |
| 3594 Jacques Tournier | *Le dernier des Mozart.* |
| 3595 Roger Wallet | *Portraits d'automne.* |
| 3596 Collectif | *Le Nouveau Testament.* |
| 3597 Raphaël Confiant | *L'archet du colonel.* |
| 3598 Remo Forlani | *Émile à l'Hôtel.* |
| 3599 Chris Offutt | *Le fleuve et l'enfant.* |
| 3600 Marc Petit | *Le Troisième Faust.* |
| 3601 Roland Topor | *Portrait en pied de Suzanne.* |
| 3602 Roger Vailland | *La fête.* |
| 3603 Roger Vailland | *La truite.* |
| 3604 Julian Barnes | *England, England.* |
| 3605 Rabah Belamri | *Regard blessé.* |
| 3606 François Bizot | *Le portail.* |
| 3607 Olivier Bleys | *Pastel.* |
| 3608 Larry Brown | *Père et fils.* |
| 3609 Albert Camus | *Réflexions sur la peine capitale.* |
| 3610 Jean-Marie Colombani | *Les infortunes de la République.* |
| 3611 Maurice G. Dantec | *Le théâtre des opérations.* |
| 3612 Michael Frayn | *Tête baissée.* |
| 3613 Adrian C. Louis | *Colères sioux.* |
| 3614 Dominique Noguez | *Les Martagons.* |
| 3615 Jérôme Tonnerre | *Le petit Voisin.* |

3616 Victor Hugo — *L'Homme qui rit.*
3617 Frédéric Boyer — *Une fée.*
3618 Aragon — *Le collaborateur* et autres nouvelles.
3619 Tonino Benacquista — *La boîte noire* et autres nouvelles.
3620 Ruth Rendell — *L'Arbousier.*
3621 Truman Capote — *Cercueils sur mesure.*
3622 Francis Scott Fitzgerald — *La Sorcière rousse,* précédé de *La coupe de cristal taillé.*
3623 Jean Giono — *Arcadie...Arcadie...,* précédé de *La pierre.*
3624 Henry James — *Daisy Miller.*
3625 Franz Kafka — *Lettre au père.*
3626 Joseph Kessel — *Makhno et sa juive.*
3627 Lao She — *Histoire de ma vie.*
3628 Ian McEwan — *Psychopolis* et autres nouvelles.
3629 Yukio Mishima — *Dojoji* et autres nouvelles.
3630 Philip Roth — *L'habit ne fait pas le moine,* précédé de *Défenseur de la foi.*
3631 Leonardo Sciascia — *Mort de l'Inquisiteur.*
3632 Didier Daeninckx — *Leurre de vérité* et autres nouvelles.
3633. Muriel Barbery — *Une gourmandise.*
3634. Alessandro Baricco — *Novecento : pianiste.*
3635. Philippe Beaussant — *Le Roi-Soleil se lève aussi.*
3636. Bernard Comment — *Le colloque des bustes.*
3637. Régine Detambel — *Graveurs d'enfance.*
3638. Alain Finkielkraut — *Une voix vient de l'autre rive.*
3639. Patrice Lemire — *Pas de charentaises pour Eddy Cochran.*
3640. Harry Mulisch — *La découverte du ciel.*
3641. Boualem Sansal — *L'enfant fou de l'arbre creux.*
3642. J.B. Pontalis — *Fenêtres.*
3643. Abdourahman A. Waberi — *Balbala.*
3644. Alexandre Dumas — *Le Collier de la reine.*
3645. Victor Hugo — *Notre-Dame de Paris.*
3646. Hector Bianciotti — *Comme la trace de l'oiseau dans l'air.*
3647. Henri Bosco — *Un rameau de la nuit.*
3648. Tracy Chevalier — *La jeune fille à la perle.*

3649. Rich Cohen — *Yiddish Connection.*
3650. Yves Courrière — *Jacques Prévert.*
3651. Joël Egloff — *Les Ensoleillés.*
3652. René Frégni — *On ne s'endort jamais seul.*
3653. Jérôme Garcin — *Barbara, claire de nuit.*
3654. Jacques Lacarrière — *La légende d'Alexandre.*
3655. Susan Minot — *Crépuscule.*
3656. Erik Orsenna — *Portrait d'un homme heureux.*
3657. Manuel Rivas — *Le crayon du charpentier.*
3658. Diderot — *Les Deux Amis de Bourbonne.*
3659. Stendhal — *Lucien Leuwen.*
3660. Alessandro Baricco — *Constellations.*
3661. Pierre Charras — *Comédien.*
3662. François Nourissier — *Un petit bourgeois.*
3663. Gérard de Cortanze — *Hemingway à Cuba.*
3664. Gérard de Cortanze — *J. M. G. Le Clézio.*
3665. Laurence Cossé — *Le Mobilier national.*
3666. Olivier Frébourg — *Maupassant, le clandestin.*
3667. J.M.G. Le Clézio — *Cœur brûle* et autres romances.
3668. Jean Meckert — *Les coups.*
3669. Marie Nimier — *La Nouvelle Pornographie.*
3670. Isaac B. Singer — *Ombres sur l'Hudson.*
3671. Guy Goffette — *Elle, par bonheur, et toujours nue.*
3672. Victor Hugo — *Théâtre en liberté.*
3673. Pascale Lismonde — *Les arts à l'école. Le Plan de Jack Lang et Catherine Tasca.*
3674. Collectif — *« Il y aura une fois ». Une anthologie du Surréalisme.*
3675. Antoine Audouard — *Adieu, mon unique.*
3676. Jeanne Benameur — *Les Demeurées.*
3677. Patrick Chamoiseau — *Écrire en pays dominé.*
3678. Erri de Luca — *Trois chevaux*
3679. Timothy Findley — *Pilgrim.*
3680. Christian Garcin — *Le vol du pigeon voyageur.*
3681. William Golding — *Trilogie maritime, 1. Rites de passage.*
3682. William Golding — *Trilogie maritime, 2. Coup de semonce.*
3683. William Golding — *Trilogie maritime, 3. La cuirasse de feu.*

3684. Jean-Noël Pancrazi — *Renée Camps.*
3686. Jean-Jacques Schuhl — *Ingrid Caven.*
3687. *Positif*, revue de cinéma — *Alain Resnais.*
3688. Collectif — *L'amour du cinéma. 50 ans de la revue* Positif.
3689. Alexandre Dumas — *Pauline.*
3690. Le Tasse — *Jérusalem libérée.*
3691. Roberto Calasso — *la ruine de Kasch.*
3692. Karen Blixen — *L'éternelle histoire.*
3693. Julio Cortázar — *L'homme à l'affût.*
3694. Roald Dahl — *L'invité.*
3695. Jack Kerouac — *Le vagabond américain en voie de disparition.*
3696. Lao-tseu — *Tao-tö king.*
3697. Pierre Magnan — *L'arbre.*
3698. Marquis de Sade — *Ernestine. Nouvelle suédoise.*
3699. Michel Tournier — *Lieux dits.*
3700. Paul Verlaine — *Chansons pour elle* et autres poèmes érotiques.
3701. Collectif — *« Ma chère maman ».*
3702. Junichirô Tanizaki — *Journal d'un vieux fou.*
3703. Théophile Gautier — *Le Capitaine Fracassse.*
3704. Alfred Jarry — *Ubu roi.*
3705. Guy de Maupassant — *Mont-Oriol.*
3706. Voltaire — *Micromégas. L'Ingénu.*
3707. Émile Zola — *Nana.*
3708. Émile Zola — *Le Ventre de Paris.*
3709. Pierre Assouline — *Double vie.*
3710. Alessandro Baricco — *Océan mer.*
3711. Jonathan Coe — *Les Nains de la Mort.*
3712. Annie Ernaux — *Se perdre.*
3713. Marie Ferranti — *La fuite aux Agriates.*
3714. Norman Mailer — *Le Combat du siècle.*
3715. Michel Mohrt — *Tombeau de La Rouërie.*
3716. Pierre Pelot — *Avant la fin du ciel. Sous le vent du monde.*
3718. Zoé Valdès — *Le pied de mon père.*
3719. Jules Verne — *Le beau Danube jaune.*
3720. Pierre Moinot — *Le matin vient et aussi la nuit.*
3721. Emmanuel Moses — *Valse noire.*

*Impression Société Nouvelle Firmin-Didot.*
*le 29 octobre 2002.*
*Dépôt légal : octobre 2002.*
*1er dépôt légal dans la collection : mai 2002.*
*Numéro d'imprimeur : 61687.*
ISBN 2-07-042175-9/Imprimé en France.

121563